Le carnet de GRAUKU

Sophie Laroche

Le carnet de GRAUKU

Préface de
Michèle Barbara Pelletier

Éditions de Mortagne

Catalogage avant publication de
Bibliothèque et Archives nationales du Québec et
Bibliothèque et Archives Canada

Laroche, Sophie, 1970-

Le carnet de Grauku

(Collection Tabou ; 1)

Pour les jeunes de 14 ans et plus.

ISBN 978-2-89074-942-9

1. Titre

PZ23.L37Ca 2010 j843'.92 C2009-942313-8

Édition
Les Éditions de Mortagne
C.P. 116
Boucherville (Québec) J4B 5E6

Distribution
Tél. : 450 641-2387
Télec. : 450 655-6092
Courriel : info@editionsdemortagne.com

Dépôt légal
Bibliothèque et Archives Canada
Bibliothèque et Archives nationales du Québec
Bibliothèque Nationale de France
1er trimestre 2010

ISBN 978-2-89074-942-9

1 2 3 4 5 – 10 – 14 13 12 11 10

Imprimé au Canada

Membre de l'Association nationale des éditeurs de livres (ANEL)

À Caroline, Frédérique,
Karine et Stéphanie,

Nous sommes, vous et moi,
liées dans l'amitié au-delà de nos vies.

Tous les personnages de ce roman sont fictifs.
À part le chocolat.

Préface

Ceci n'est pas un livre sur l'anorexie.

Ce livre en est un sur le désir d'une jeune fille d'être à la hauteur de ce qu'elle désire.

Manon.

Cette jeune fille ordinaire qui veut simplement être enfin heureuse.

Cette jeune fille qui, pourtant, est loin d'être ordinaire…

Manon, c'est Jannie, c'est Marie-Claire, c'est Caroline, c'est Mélissa ; c'est toutes ces filles qui veulent être l'amie, l'amoureuse, la fille, la femme qui ont tant besoin d'être aimées… ce qui les empêche de s'aimer elles-mêmes avant tout.

J'étais, je suis et je serai toujours Manon.

Quand on m'a demandé d'écrire la préface pour ce livre, j'ai tout de suite accepté. Puis, plus les jours passaient, moins je trouvais le temps pour commencer ma lecture ; comme pour me protéger de ce que j'y trouverais.

Jamais je n'aurais imaginé me replonger à ce point dans cet univers qui m'a tenue en vie, en silence, pendant vingt-six ans… Les miroirs, la balance, les cachettes, même le végétarisme ; toute mon existence était rodée au quart de tour.

Je croyais avoir enfin trouvé la clé du bonheur. Je croyais qu'enfin, je serais aimée comme je le méritais…

J'en ai jeté des vêtements, trop petits et aussi trop grands.

J'en ai eu des recommencements. Tous les lundis, en fait…

Puis, un jour, le « dé-rodage » a commencé...

J'ai perdu pied.

Je suis tombée.

J'ai eu du mal à me relever, beaucoup de mal…

Et doucement, je me suis dénudée ; ce fut frappant, troublant…

Et j'ai entendu les mots ; les mêmes mots que l'on m'avait dit des années plus tôt, mais cette fois, je les ai écoutés…

Quel soulagement de savoir que c'était normal, cette houle, ce tangage, ce « balancement » de poids.

De savoir que même avec deux kilos de plus, j'étais quand même « bonne à aimer »…

Manon comprendra, un jour, qu'elle DOIT s'aimer pour ce qu'elle est, non pour ce qu'elle pourrait être…

Et elle verra alors qu'elle peut être aimée comme elle le mérite ; pour ce qu'elle est et non pour ce qu'elle pourrait être…

Je serai, je suis, non…, j'étais Manon. Et aujourd'hui, j'ai trois boîtes de vêtements : une pour chaque fluctuation de poids dans l'année !

Je vivrai toujours avec cette maladie, mais j'ai enfin compris que le bonheur ne se trouve pas dans le résultat, mais dans le chemin que l'on choisit de prendre…

Et le chocolat ? J'adorais, j'adore et j'adorerai !

Michèle Barbara Pelletier

Prologue

Si tout a dérapé, c'est uniquement parce que je n'en pouvais plus de me prendre mon cul en pleine tête. C'était déjà si dur de le traîner.

Je sais, je ne devrais pas utiliser le mot « cul ». Ce n'est pas un « registre littéraire décent ». Mais ce qui suit n'est pas une histoire correcte. Si vous vouliez des mots gentillets et proprets, il fallait choisir une autre élève. Lire le trépidant quotidien de Lisa, la belle Lisa, la mince Lisa. Ou de sa copine Justine, si jolie et si fine. Et laisser Manon, ses kilos en trop, en marge de la page. Moi, c'est une histoire de cul que j'ai à raconter. Mais pas une histoire salace ou drôle.

Chapitre 1

Tout a commencé un jeudi d'octobre à la piscine. Je rentrais dans le vestiaire. Ah, le vestiaire ! Problème de physique insoluble, je vous recopie l'énoncé : soit une serviette de longueur égale à mon tour de taille mais largement inférieure à mon tour de cuisses. Démontrez qu'il est possible que le rectangle de tissu cache la superficie graisseuse, et cela alors que les deux formes sont en mouvement. (Que je déteste la physique...) La démonstration est impossible. Je sais, j'ai essayé. Le temps de pousser la porte de la cabine pour me changer, j'ai tenu la serviette d'une seule main. J'ai senti le tissu glisser entre mes doigts, j'ai entendu le « clic », une voix basse mais triomphante et quelques rires étouffés : « Je l'ai. » Elles l'ont eu.

Qui ça ? Je ne sais pas, la porte était bien entendu refermée quand je me suis retournée. Elles étaient forcément au moins deux. Elles pouvaient, elles, rentrer à plusieurs dans une cabine.

Ont eu quoi ? Mais mon cul, voyons. Mon gros cul. Elles l'ont fait entrer dans leur minuscule cellulaire grâce à l'appareil photo intégré. Belle prouesse technologique ! Elles ont sobrement appelé la photo « Gros cul ». Et ce jeudi d'octobre, le gros cul a commencé à circuler. Il s'est « texté », s'est envoyé par courriel aussi.

Avec cette affaire, mon imposant arrière-train s'est même vu de devant. « Gros cul » devait être écrit en plein milieu de mon front, car même des élèves qui ne me connaissaient pas se sont mis à m'appeler ainsi.

Notez que j'étais habituée à l'insulte. « Bouge-toi gros cul », « tais-toi gros cul », me ressassait depuis longtemps Gabin, mon grand frère. Même s'il était désormais cégépien, mon aîné restait plutôt limité côté conversation.

Il m'a fallu quelques heures à peine pour apprendre que la photo de mes fesses circulait, avec mon nom bien entendu. Il a fallu quelques jours pour qu'une bonne âme se décide enfin à me l'envoyer aussi. Expéditeur caché, bien entendu.

Du coup, je L'ai vu. Je me suis vue de derrière. J'étais décidément plus gourmande que les autres, cette petite photo ne m'a pas suffi. Alors, j'ai pris le miroir sur pied de la chambre de mes parents, je l'ai apporté dans la salle de bains, face à la grande glace de la porte. Taille réelle, c'était autre chose ! J'ai étudié cette silhouette si peu harmonieuse, fine en haut, généreuse en bas. Je l'ai scrutée même. Cherchez l'erreur : la poire avait une peau d'orange. L'examen scientifique a été complet : j'ai même calculé l'écart en centimètres entre mes deux pieds, alors que mes cuisses se touchent encore en haut. Quarante centimètres ! Grosses cuisses. Gros cul. Franchement, c'était bien cela.

Mais pas seulement.

Mon gros cul n'était pas qu'une grosse paire de fesses, un intolérable outrage aux pubs pour sous-vêtements *Victoria's Secret*. C'était moi tout entière. Les garces qui avaient pris cette photo ne savaient pas que *j'étais* un gros cul.

Certains matins (un sur deux, deux sur trois, trois sur quatre ?), ce mal-être dû à mon poids m'assaillait dès le réveil. J'étais grosse – j'étais goinfre. Je devais maigrir – je voulais manger. Ma journée démarrait sur cette idée. Et la lutte commençait. C'était officiel, j'étais au régime et je crevais d'envie de me gaver de chocolat. J'étais un monstre dévorant, dévoré par ses pulsions. Qui se cachait sous le sourire placide qu'affichait Manon.

Le jour où la photo de mes fesses a commencé à circuler, je n'ai pas pleuré. J'ai noyé ma honte dans le cacao. Deux plaques de chocolat… Trois, soyons honnête. Puis, l'estomac au bord des lèvres, je me suis approprié cette insulte, cette vérité : « gros cul ». J'ai bafoué un tantinet les règles d'orthographe : « grauku ». Ça dérange déjà moins, non ? Allez, je lui ai même ajouté une majuscule : Grauku. N'avait-il pas plus d'allure comme cela, mon surnom ? Il aurait presque pu faire moins mal. En tout cas, ce serait plus facile de conter les aventures de Grauku orthographié ainsi.

« Je suis Grauku », me suis-je répétée.

Ce même jour, j'ai créé mon blogue. J'avais pris l'habitude de me balader sur ceux des autres, à travers leurs chagrins. Si tous les obèses du monde pouvaient se donner la main ! Bien calée sur ce gros cul qui me gâchait la vie, j'ai décidé de franchir le pas. J'ai voulu frapper fort. J'ai juste mis en ligne la photo prise à la piscine. Et j'ai ajouté cette présentation minimaliste : « Je m'appelle Grauku .»

Le lendemain, j'avais déjà des commentaires. Il y en avait un particulièrement vicieux au sujet de la photo. Mais plusieurs étaient sympathiques, encourageants.

Compatissants ?

Pour ces inconnus qui, d'après leurs messages, souffraient aussi de surpoids, j'ai commencé à tenir ce blogue. C'est devenu un journal intime. J'aime écrire et j'ai un style efficace. Tous les soirs, je découvrais les commentaires avec autant de délectation que les annotations de ma prof de français sur mes copies de dissertation. Ils flattaient un *ego* qui en avait besoin, mais ne m'apportaient guère de solutions.

Deux semaines plus tard, je me suis fait une fois de plus insulter en traversant devant l'école.

– Eh, gros cul, t'avais cousu deux maillots de bain pour en faire un sur la photo ? m'a lancé Inconnu n° 1.

– Tu parles, ça débordait quand même ! a commenté Inconnu n° 2.

Et les deux ont éclaté de rire.

Ils ne me connaissaient même pas ; ils m'avaient agressée sans raison apparente, à moins que mon surpoids ne mette en péril la résistance de l'asphalte. Je suis rentrée à la maison, j'ai ouvert le placard, poussé les deux boîtes de café qui cachaient vainement le chocolat et avalé la plaque. C'est idiot, non ? Ce n'est pas une solution. Eh bien, essayez donc de m'en convaincre dans ces moments-là. Puis j'ai culpabilisé, j'ai envoyé promener ma mère qui pourtant n'avait rien dit et me suis réfugiée dans ma chambre. Pour pleurer. Je ne sais pas ce qui avait été de trop : l'insulte ou le chocolat. Mais vraiment, j'ai compris que je n'en pouvais plus.

Ma mère aussi a dû le sentir. Elle a doucement frappé à la porte de ma chambre, a même attendu ma réponse pour entrer et s'est assise au bord de mon lit. Elle m'a épargné ses anciennes ritournelles : « tu es si belle au-dedans », « mets-toi donc au sport ». Elle m'a simplement caressé les cheveux et a murmuré :

– On va y arriver, ne t'inquiète pas.

Franchement, j'ai aimé ce « on ». Je me suis dit que, peut-être, je pourrais compter sur Maman. J'ai apprécié aussi qu'elle ne me sorte pas une solution miracle, un nouveau médecin « carottes râpées » ou un diététiste « à mort le sucre ». J'en ai déjà tellement rencontré !

« On va y arriver »... Je me suis promis d'y croire cette fois-ci encore et me suis sentie apaisée. (Je suis championne pour me mentir.) Je me suis levée, j'ai allumé mon ordinateur. J'ai tapé l'adresse de mon blogue : grauku.reseaublog.com et j'ai déversé ma colère. Raconté ma fatigue, expliqué à quel point je me sentais perdue :

Le carnet de GRAUKU

Le 16 octobre, Grauku a écrit

« J'ai la terrible sensation d'être un mystère, pour les autres et pour moi-même. Personne n'imagine à quel point je souffre de cette rivalité permanente entre mon envie de maigrir et mon besoin de manger. L'une entraînant l'autre. Plus je voudrais être une autre, plus l'envie de chocolat est violente. C'est la réponse à tous mes problèmes. Et la cause de tous mes maux. Alors " M. " et Grauku se disputent ma vie. Je voudrais être mince, être enfin moi. Quand je perds 100 grammes, le monde m'appartient. Je craque, je bouffe et je me convaincs que je resterai à jamais Grauku. Je ne sais même pas à quoi je ressemble. Je ne sais plus qui je suis vraiment. " M. ", Grauku ? Les deux.

Je crois qu' " avant ", j'étais bien. J'avais alors l'impression d'avoir un gros ventre mais je me trompais sans doute. C'est ce que je me dis quand je regarde les photos : bonheur à la plage, sourire de photo de classe. Puis, vers 10 ans, j'ai commencé à grossir. Insidieusement. Par derrière, en cachette, comme le chocolat que j'avale, que j'ingurgite, que j'engouffre. Un jour, une vendeuse a gentiment suggéré à ma mère de se diriger vers le rayon femmes pour trouver un pantalon à ma taille. Je n'avais que 12 ans et demi. A commencé alors la valse des régimes. Deux kilos en moins, trois en plus : ma balance a vraiment le sens du rythme. »

Je me suis relue avec une satisfaction amère. À défaut de modeler ma vie et mon corps comme je le voulais, je savais au moins en parler. J'avais su expliquer comment Manon devenait si souvent Grauku. Comment Grauku faisait souffrir Manon.

À peine une demi-heure plus tard, une certaine « Kilodrame » m'a laissé un commentaire. Ce n'était pas la première fois, mais là, ses mots m'ont particulièrement touchée.

Kilodrame a laissé un commentaire

« Tu vas y arriver. Parce que j'y suis parvenue. Et si tu es Grauku, moi j'étais Enormeku. ☺ »

Chapitre 2

J'ai répondu à Kilodrame, en laissant un commentaire à mon propre billet, amorçant ainsi le dialogue, comme cela est censé se faire sur les blogues. Je n'attendais pas grand-chose de cette fille, même si, à bien y réfléchir, j'aimais le ton de ses commentaires précédents. De toute façon, après une nouvelle agression verbale gratuite dans la rue, une énième crise sur le chocolat, je ne prenais pas de grands risques.

Grauku a laissé un commentaire

« Je voudrais tant maigrir. Et, une fois de plus, je voudrais que ce soit le dernier régime. 😬 »

Kilodrame a lâché un étrange verdict :

Kilodrame a laissé un commentaire

« Je suis désolée, je ne peux rien pour toi. Si maigrir est tout ce que tu veux, je ne peux rien pour toi. Je t'avais crue moins superficielle et… moins légère 😉 »

Qu'est-ce qu'elle racontait ? Cette Kilodrame commençait à m'énerver sérieusement, et j'étais bien décidée à le lui faire comprendre. Pour laisser un commentaire sur mon blogue, elle avait dû laisser une adresse de courriel : kilodrame@hotmail.com. Parfait ! J'allais frapper chez elle, nous réglerions ça en privé. J'ai quitté mon blogue pour me connecter sur ma messagerie.

Puis j'ai changé d'avis. Je me suis branchée sur hotmail et je me suis créé une adresse à la hauteur de la sienne : grauku@hotmail.com. L'échange pouvait reprendre !

Nouveau message

Salut Kilodrame,

Va jouer sur d'autres blogues. Moi j'ai eu mon compte.

Grauku.

Envoyer

Sa réponse m'étonna franchement :

Vous avez un nouveau message

Allô Grauku,

Reviens. Reviens quand tu sauras ce que tu veux vraiment.

Kilodrame.

– C'est cela, oui ! balançai-je, vexée, à l'écran.

Cet échange m'a plus ébranlée que je ne l'aurais pensé. Quelle idiote ! Quelle vache ! Quelle… *Oui, Grauku s'accorde aussi le droit d'être vulgaire ! On le serait à moins, non ? À moins que grosse et impolie, ça soit vraiment… trop ?* J'y pensai dès le réveil le lendemain. J'aurais pu traîner au lit ce samedi matin, mais je n'arrêtais pas de me retourner dans tous les sens.

Au petit déjeuner, j'envisageai un instant de me confier à ma mère. Pas de doute, elle attendait avec impatience le retour de la motivation. Peut-être avait-elle déjà préparé sa liste de courses homologuée minceur pour mon prochain régime. Non, ma mère ne pouvait rien pour moi. Raphaëlle serait sans aucun doute d'un bien meilleur réconfort.

– Allô, c'est Manon. Tu fais quoi cet après-midi ?

– Je vais au centre commercial. Et toi ?

Je me sentis vraiment soulagée que ma meilleure amie décroche à la première sonnerie. À la dernière seconde pourtant, je me retins de lui raconter mes états d'âme :

– Je t'y retrouverai, OK ?

– Oui, je te montrerai une jupe que j'ai repérée. Elle est trop, trop…

Trop large pour toi ? Ça ne m'étonnerait pas. Raphaëlle est aussi mince et harmonieuse que je suis grosse et disgracieuse. Elle se juge même un peu trop maigre. Bien entendu, elle ne me l'a jamais dit. Mais j'ai déjà remarqué qu'elle ne voulait jamais essayer les jupes trop courtes qui dévoileraient ses genoux anguleux. Moi je les prends, ses genoux anguleux, pas de souci ! Et je les expose ! En attendant, j'allais lui tenir le rideau d'une cabine d'essayage où je n'entrerai pas. Une fois de plus.

La jupe était en effet trop courte. Du moins Raphaëlle le craignait-elle. Alors la vendeuse lui a chanté sa rengaine favorite : « Elle est faite pour vous. » Et Raphaëlle l'a prise, « puis non, ou si ? Euh non, enfin… chais pas ». Pendant cette longue réflexion, j'ai bien regardé. J'ai cherché THE pantalon à la coupe adaptée à mon anatomie. Celui qui réussirait l'exploit de me tenir la taille, assez fine, en acceptant au préalable mes volumineuses fesses et les deux poteaux qui me servent de cuisses. *Le Graal de Grauku.*

Pas la peine d'entretenir le suspens plus longtemps : ce genre de pantalon n'existe pas. En général, le vêtement que j'essaie est violemment freiné dans son ascension au milieu de mes cuisses. Il n'a même pas l'honneur de s'attaquer au gros cul. Une fois, j'ai tiré un peu plus que d'habitude. J'ai déchiré la couture arrière. Je n'ai même pas osé le dire à ma mère qui m'accompagnait, je l'ai remis en rayon « l'air de rien ». Mais la vendeuse, gabarit quarante-cinq kilos toute mouillée, avait reconnu le bruit suspect de l'attentat perpétré par une grosse (elle ne le revendique jamais, mais on sait bien qu'elle seule est capable d'un coup aussi bas). Son regard me brûlait encore le dos quand nous sommes sorties.

Je n'ai pas trouvé de pantalon, une fois de plus. Même pas un qui bâillerait largement aux hanches. Alors je me suis rabattue sur un top. Je l'ai enfilé vite fait au-dessus de mon T-shirt. Il virait en tire-bouchon. Effet sûrement pas prévu par le concepteur. J'ai rageusement enlevé le vêtement et retrouvé Raphaëlle pour l'ultime « Prends-la, elle est parfaite ». Comme toi. *Est-ce pour consoler les grosses que le bon Dieu a collé des complexes aux minces ? Grauku, elle, ne se sentait pas mieux.* Raphaëlle et moi avons traîné encore un peu, puis elle est rentrée. Au moment de prendre le bus, j'ai prétexté des cahiers de notes à acheter pour la planter là et retourner dans le centre commercial, direction la grande surface cette fois. Rayon chocolat.

L'envie m'avait submergée dès la sortie du magasin de vêtements. Franchement, quand on quitte une boutique les mains vides pour cause de kilos en trop, on devrait plutôt voir son avenir couleur poisson vapeur, non ? Pas moi. Mon surpoids me donne envie de manger encore plus. Le chocolat a jailli dans mon esprit, j'ai vu l'emballage, entendu le papier d'aluminium qui crissait sous mes doigts, senti cette première bouchée fondre sur mon palais. À pleines dents… « Non, je ne dois pas, ce n'est pas cela qui va régler mes problèmes, combien de calories déjà dans 100 g, combien de fois 100 g vais-je avaler si je m'écoute ? » *Grauku a bien tenté de brandir le bouclier des arguments raisonnables. Mais il a une fois de plus volé en éclats.* C'est peut-être cela le plus douloureux : j'allais une fois encore m'empiffrer, mais seulement au terme d'une lutte intérieure harassante. Quand il m'arrive de reposer la plaque, la victoire est toujours trop brève. La défaite, elle, est toujours plus amère. Ce soir-là, au rayon concentré de bourrelets, j'ai une fois de plus perdu une bataille. Perdu ma guerre. J'ai regardé ces deux plaques que j'allais avaler avant même d'être arrivée à la maison. Je suis une vraie championne, la première serait sans doute finie avant même que je monte dans le bus. J'avais le regard brouillé en ouvrant l'emballage, mais j'ai mordu quand même. Alors m'est revenu en tête le commentaire de cette Kilodrame sur mon blogue. « Si maigrir est tout ce que tu veux, je ne peux rien pour toi », avait-elle écrit.

Entre deux bouchées, Grauku se décida à poster un nouveau billet sur son blogue.

Chapitre 3

Comment expliquer ? Comment raconter cette obsession ? Non, ne pas raconter ! Je me contentai d'un texte laconique :

Le 17 octobre, Grauku a écrit

« Je voudrais oublier le chocolat. Pas le diminuer, le supprimer ou le vaincre, non. L'oublier. Rayer son existence de ma mémoire. Effacer à jamais sa douceur entêtante. »

Kilodrame a laissé un commentaire

« Maintenant, raconte-moi pourquoi tu veux l'oublier. »

Kilodrame m'avait répondu immédiatement, à croire qu'elle ne quittait plus mon blogue des yeux ! Je n'ai pas récité par cœur la litanie de mes régimes. Au contraire, j'ai improvisé. Cherché le mot juste pour décrire ces pensées envahissantes, ces images qui masquent la réalité. La soudaineté des attaques : l'envie qui m'assaille subitement, me tenaille. L'étau qui ne se relâche en général qu'une fois le forfait commis, la dose avalée. Le court répit qui suit les jours où je ne craque pas.

Nouveau message

Bonjour Kilodrame,

Excuse-moi de m'incruster une fois de plus dans ta boîte de réception. Je ne sais pas pourquoi, je n'avais pas envie de mettre tout cela dans mon blogue. Ça devient trop perso, sans doute. Je n'ai pas envie que d'autres me lisent. Il m'arrive de rester quelques jours sans manger de chocolat. Et alors, le monde m'appartient ! Je me sens euphorique, invincible, et forcément mince... Et, systématiquement, je me prends une grande claque. Soit je me crois capable de n'en manger « qu'un carré merci ! » et, bien entendu, j'avale la plaque, ses sœurs et ses filles. Soit je me pèse pour chiffrer les résultats de mon effort et c'est la grande déception. Autant le chocolat me fait grossir quand je le mange, autant ne pas en manger ne me fait pas forcément maigrir !

Envoyer

Cette dernière remarque a dû la faire sourire.

Vous avez un nouveau message

Salut Grauku,

C'est en effet une injustice que j'ai souvent relevée ! Je vais t'aider à oublier le chocolat. Complètement. Il va perdre toute sa saveur. (Cela ressemblait à une grosse blague, surtout dans l'anonymat d'Internet, mais je l'ai crue.) Seule ta détermination compte. Une fois la décision prise, le mot chocolat n'évoquera plus pour toi la moindre saveur. Mais attention, il n'est pas question de revenir en arrière.

Kilodrame

P.S. : OK pour les courriels. Ça m'arrange en fait, je ne suis pas pour la publicité excessive 😉.

Revenir en arrière ? Cette fille me proposait de me libérer de ma souffrance, mais me mettait en garde sur le fait que cette libération serait définitive ! Cela la gênait peut-être, mais à moi, cela ne posait aucun problème. J'avais beau retourner la question dans tous les sens, je ne voyais que des conséquences positives à une rupture définitive avec le chocolat. À part un échec, qu'avais-je à redouter ?

Nouveau message

Je ne reviendrai pas en arrière. ☺

Grauku

Envoyer

Vous avez un nouveau message

Alors c'est parti ! Va dans une papeterie, achète-toi un petit carnet. Choisis une couleur que tu aimes, caresse le papier pour sentir si le grain te plaît, bref : prends ton temps. Le procédé est simplissime. Une fois chez toi, tu vas noter dedans le nom de l'aliment que tu veux oublier. En l'occurrence, le chocolat. Attention, ce qui s'inscrit dans ce carnet ne s'efface pas. Si tu veux que ça marche, tu ne dois en aucun cas approcher le moindre produit chocolaté après. Une fois noté, c'est l'abstinence totale ou la rechute assurée, avec des kilos en bonus !

Kilodrame

C'est ridicule, non ? Ne le niez pas, je vous entends ricaner. Oui, vous qui vous moquiez de ma photo surfant de cellulaire en cellulaire. Vous trouvez cela débile ? Raison de plus pour y croire. Kilodrame était de mon côté, je le sentais à travers ses messages. Je l'ai crue. Dans la papeterie au coin de la rue de l'école, je me suis acheté dès le lundi soir un beau carnet bleu turquoise.

Les jours qui suivirent, je connus une paix intérieure depuis longtemps oubliée. J'avais rangé le carnet dans ma table de nuit. J'avais même tenté d'impliquer ma mère. Oui, j'allais arrêter mes grignotages intempestifs. Oui, j'y arriverais ! Non, je ne lui raconterais pas ce qui m'avait décidée. J'étais motivée, ça devait lui suffire, non ?

Bien sûr, je pensais encore au chocolat. Mais différemment. J'avais une arme, je ne redoutais plus l'attaque. L'ennemi avait dû le sentir, il ne tentait plus d'offensive.

Puis un jeudi soir, à la sortie de l'école, j'ai aperçu Raphaëlle qui discutait avec Lisa et Justine. La belle et mince Lisa, Justine si jolie et si filiforme. Je n'entendais pas la conversation mais Raphaëlle avait l'air enthousiaste. Elle me fit un signe de la main et repartit de plus belle dans la discussion. Alors que je m'approchais, je vis son front se plisser.

– Salut les filles ! Ça va ?

– Ça va, me répondirent d'un ton soudainement blasé Justine et Lisa.

Elles se gardèrent bien de me retourner la question. *Ces deux reines de beauté se fichent de l'humeur de Grauku !*

– Raffi, tu réfléchis à notre proposition, lancèrent-elles tout en s'éloignant.

« Raffi » ? Les voilà bien intimes tout à coup.

Je devais avoir le regard inquisiteur car cela mit Raphaëlle mal à l'aise :

– C'est rien, marmonna-t-elle, le regard fuyant.

– Rien, une « proposition » de Justine et Lisa ? Eh, tu te fiches de moi ?

J'essayais d'adopter le ton le plus léger qui soit. Après tout, il ne se passait rien de grave. *No problemo.*

– OK. Justine fait une soirée pour ses 15 ans et elle m'a invitée.

– C'est... C'est super, articulai-je péniblement. *Grauku sentit le gros nuage noir qui se formait, là, exactement au-dessus de sa tête. Attention, averse en vue, l'orage va éclater.* Pourquoi t'avais l'air si embêtée alors ?

Raphaëlle me regarda droit dans les yeux cette fois-ci :

– Manon, t'es pas invitée. C'est une soirée avec beaucoup de monde, des copains de son grand frère. Je lui ai demandé si elle t'en avait parlé, elle m'a dit que non, qu'il fallait bien limiter le nombre...

D'invités ou de kilos autorisés par personne ? Il pleuvait maintenant à verse sur la tête de Grauku.

– C'est pas grave. J'aurais peut-être même pas eu le droit d'y aller. Tu sais, mes parents n'ont pas apprécié mon 15 % en maths la semaine dernière.

Raphaëlle a fait semblant d'avaler ce mensonge et a souri. Moi, j'ai eu envie d'avaler pour de vrai trois tonnes et demie de chocolat. Alors j'ai pensé au carnet. Et j'ai décidé de ne pas me torturer pour l'instant avec mesdemoiselles Justine et Lisa. J'avais autre chose à faire.

Chapitre 4

Qu'est-ce que ce carnet turquoise pouvait bien avoir de spécial ? Rien. Il était dramatiquement normal, acheté dans la même papeterie que mes répertoires d'anglais et d'espagnol. Comment pouvais-je croire qu'en écrivant simplement le mot « chocolat » dedans, j'allais en oublier la saveur à jamais ? Et pourtant, j'avais confiance en cette Kilodrame. De toute façon, je me sentais mal, prête à battre mon record « barres chocolatées / minute ». Il n'était plus temps de tergiverser.

Quitte à être totalement irrationnelle, autant mettre toutes les chances de mon côté. J'ai sorti du fond de ma trousse mon stylo préféré. J'ai ouvert le carnet à la première page. J'ai bien appuyé sur le papier pour l'aplatir. C-H-O-C-O-L-A-T. Huit lettres, pas de faute d'orthographe possible. Tout cela me semblait trop simple, trop rapide.

Pourquoi ai-je refermé le carnet ? Aucune idée. J'ai visé le milieu de la couverture et j'y ai inscrit en m'appliquant : « Carnet de Grauku ». Voilà qui était mieux ! Je l'ai rouvert, j'ai noté rapidement :

Chocolat.

J'ai ajouté la date entre parenthèses :

Chocolat (jeudi 30 octobre).

Après tout, je changeais peut-être ma vie à jamais ! C'était bien cela le but du jeu, non ?

Et j'ai attendu. *Sans savoir vraiment pourquoi, Grauku était convaincue qu'il fallait laisser un peu de temps pour que cela fasse effet.* Pendant tout ce cérémonial, j'avais oublié l'envie qui me taraudait quelques instants auparavant. J'y pensais de nouveau, mais avec beaucoup moins de violence. Du chocolat. Non. Tant pis si Lisa et Justine sont deux garces et Raphaëlle une traîtresse. Il faudrait que je survive à cela sans ma dose de cacao. Pas parce que le chocolat me fait grossir, souffrir ou que sais-je encore. Mais simplement parce que je l'ai noté dans mon carnet.

J'ai voulu me mettre à l'épreuve. Je suis allée dans la cuisine, j'ai ouvert un premier placard.

– Manon, qu'est-ce que tu fais ?

Ma mère est entrée tout de suite derrière moi. À croire que la cuisine était maintenant sous vidéosurveillance. Toute à mon expérimentation en cours, je lui ai répondu sans même me retourner :

– Je cherche du chocolat.

– Oh Manon, non, s'il te plaît !

« Manon, non, s'il te plaît ! » Grauku connaissait le refrain par cœur : mélange tout maternel de compassion et de reproches. L'objectif est de pousser Grauku à reposer la plaque ou, à défaut, de lui gâcher son plaisir par un sentiment de culpabilité.

Mais Maman, il y a longtemps que le chocolat ne fait plus partie du registre des plaisirs. Un court instant, je me suis imaginée expliquant à ma mère la vérification que j'effectuais. Mon expression dut l'étonner.

– Cela te fait sourire ?

Oui Maman, je pense à la tête que tu ferais en entendant parler de mon carnet et, franchement, ça me fait rire !

– Mais non, ça ne me fait pas sourire, lui mentis-je. (Il fallait vite lui trouver une explication satisfaisante.) Avec de la volonté (Ah, la volonté, le mot magique était lâché !), je dois tenir tête au chocolat. Je voulais vérifier, mais j'ai bien peur que tu aies ruiné ma concentration !

Alliant le geste à la parole, je humai puis reposai la plaque sur l'étagère. Enfin, je refermai le placard.

– Voilà, c'est tout, lui balançai-je.

Sans un mot, ma mère me regarda regagner ma chambre. Je ne me suis pas retournée. Pourtant, j'avais envie d'affronter son regard, de la provoquer. *Lâche-moi donc ! Laisse-moi donc me débrouiller seule avec mes problèmes, comme toujours ! Tu ne vois pas que je suis en train de me battre, de m'en sortir ?* Non, ma mère ne pouvait pas voir. Si je lui racontais que je m'étais plantée devant cette plaque pour tester la force d'un carnet, elle me reprocherait ce nouveau degré franchi dans la mauvaise foi. Alors je n'ai rien dit, je l'ai laissée à ses lamentations de mère déçue et j'ai fermé la porte de ma chambre. Avec tout cela, j'avais oublié mon envie de chocolat.

Un court instant, Grauku se sentie déboussolée, comme si elle avait perdu non pas un ami, mais au moins un repère précieux. Puis les larmes me sont montées aux yeux, de joie cette fois. Avais-je définitivement rompu avec le chocolat ?

Nouveau message

Salut Kilodrame,

Ça y est, j'ai commencé mon carnet. J'ai suivi tes instructions. J'ai marqué « chocolat » sur la première page et, du coup, je ne vais plus en manger.

Je me lance. J'ai peur. J'ai besoin de me livrer, mais je ne sais pas à qui. Pas à ma mère ! Même pas à ma meilleure amie… À mon *chum* ? Je BLAGUE ! Comment un gros tas comme moi pourrait-il avoir un *chum* ! Tu ne m'en veux pas, je crois que je vais t'écrire, souvent sans doute. Lis-moi. Si j'en bave, si j'en crève, soutiens-moi. Si, enfin mince (on peut toujours rêver !), je me prends pour une autre, rappelle-moi d'où je viens.

Grauku

Envoyer

Le soir à table, ma mère mit un point d'honneur à me montrer que je l'avais encore déçue. Mais ses efforts ne me touchèrent pas. J'avais bien envie de lui dire que je ne toucherais plus à ses réserves de chocolat malhabilement cachées. Mais elle ne m'aurait pas crue.

Chapitre 5

Avant, ma vie était réglée autour de mes pulsions de chocolat. Officiellement, le réveil sonnait à 7 h, j'achevais mon petit déjeuner à 7 h 25, me douchais en cinq minutes chrono et quittais la maison à 7 h 50. Et ainsi de suite. *Mais Grauku, elle, se battait contre ses premières envies chocolatées à peine levée.* Non, soyons honnête ! J'étais officiellement au régime chaque matin au moins trois minutes. Histoire d'en être tout à fait convaincue, je me pesais tous les jours. La balance me condamnait à une peine de plus en plus lourde, je me promettais de m'amender… et craquais dès la première cuillère de cacao – j'vous jure qu'il n'y aura que celle-là ! – dans mon bol de lait. Je ne laissais pas à la poudre le temps de se dissoudre, ma cuillère traquait avidement les morceaux qui flottaient encore. *Et le chocolat se réveillait.* Il m'est arrivé souvent de descendre du bus qui m'emmenait à l'école un arrêt plus tôt, uniquement pour passer à la boulangerie me chercher une barre de chocolat. *Oui, Grauku connaissait aussi le plaisir de la marche à pied !* Parfois même, j'étais déçue d'apercevoir Raphaëlle déjà installée dans l'autobus. Je n'osais pas alors aller m'acheter « ma dose ». Toute la journée, je pensais à ça. Dix minutes avant chaque récréation ou sortie, quelle que soit la matière, l'envie se réveillait. Je voyais le distributeur dans le hall, m'imaginais « faire-ma-sélection-merci », entendais presque le bruit de la barre heurtant le fond du distributeur, une fois délivrée. Quand je m'étais protégée en n'emportant pas d'argent, je cherchais un moyen de taxer une copine. Allez, il y en a bien une qui me doit un peu de monnaie ? Je craquais plus souvent que je ne résistais. Je souffrais toujours. Jusqu'à l'irruption dans ma vie de ce carnet bleu turquoise.

Dès mon premier jour sans chocolat, je suis passée à table... la faim au ventre. Voilà des années que je n'avais pas entendu ces gargouillements, ressenti ce tiraillement léger qui signale que, oui, il faudrait penser à manger... Ah bon, j'aurais pu oublier ?

Le mercredi, j'ai de nouveau déboussolé ma mère alors que je l'accompagnais au supermarché. Je me suis plantée devant le rayon des chocolats et je les ai regardés, tous. Je me suis appliquée à noter les différents emballages, les variations de coloris, les engagements des fabricants : « encore plus fondant », « plus croquant », « plus savoureux »... toutes leurs promesses de volupté m'amusèrent presque. J'avais tout testé ; j'avais donc ressenti de telles sensations ? Ce n'est pourtant pas le souvenir que j'en gardais. Les plaques homologuées « allégées » m'énervèrent vraiment. On pouvait embobiner mais pas mentir. *Si le chocolat ne faisait pas grossir, Grauku ne serait pas là devant ces...*

– Manon, que fais-tu ? s'est inquiétée ma mère.

Je règle mes comptes, Maman, je savoure ma victoire, je me convaincs que je suis devant un rayon d'emballages, ni plus ni moins. Dedans, c'est du vide. De la matière vide.

– Rien, j'arrive !

Nous avons quitté la grande surface sans le moindre produit chocolaté et ma mère a compris à mon air tranquille que cela ne me coûtait pas. Elle s'est bien gardée de tout commentaire. Tant mieux, je voulais savourer tranquillement cette nouvelle étape qui me surprenait encore.

Le vendredi, j'ai atteint le cap des huit jours sans chocolat. J'avais du mal à y croire. En le notant dans ce carnet, je l'avais « rayé de ma vie ». Je vous l'accorde, la formule est dépassée. Mais si juste. Certes, le goût du lait nature au petit déjeuner me décontenançait encore un peu. Après tout, je m'habituerais !

Une semaine maintenant que je n'avais plus mangé de chocolat : je voulais un événement pour marquer ce premier tout petit anniversaire et j'ai tiré la balance du dessous de l'armoire de la salle de bains. *Depuis que Grauku avait arrêté le chocolat, elle avait cessé de se peser. Les deux vont de pair, non ?* Cela faisait vraiment huit jours que je n'avais pas chiffré mon mal-être, nue, la vessie vidée, dès le réveil. Certes, l'engin n'avait quand même pas pris la poussière en si peu de temps, mais j'avais un peu le trac. *D'un geste mille fois répété, Grauku appuya du gros orteil au milieu de l'appareil, attendit que le double zéro s'affiche et monta dessus.* Cette fois cependant, je relevai les yeux tout de suite et gardai le regard haut, pour ne pas assister, impuissante, aux délibérations de Madame la Balance. Allez, courage... Moins un kilo et deux cents grammes. J'avais maigri ! *Grauku avait maigri !* Un kilo complet ! Et deux cents grammes en plus, comme cela, pour que la fête soit complète. J'étais euphorique. Un kilo en une semaine, c'est quatre en un mois, seize en un trimestre, combien l'été prochain ?

Du calme ! Du calme... Je m'emballais, je perdais de nouveau le contrôle et cela me paniqua. *Alors Grauku s'obligea à se regarder, les jambes nues, dans la grande glace de la salle de bains. Il manquait où, ce kilo ? Difficile à dire, n'est-ce pas ?* Je me suis assise sur le bord de la baignoire. Non, je n'avais pas le droit de me maltraiter de la sorte. J'étais toujours beaucoup trop grosse. Mais j'avais quand même maigri. Je ne pensais plus au chocolat et je maigrissais. Grauku n'avait pas le droit de le nier.

Chapitre 6

Le changement s'était-il vu de l'extérieur ? J'avais l'impression d'entendre moins fréquemment fredonner la ballade de Grauku mais, après tout, l'affaire commençait à dater. Depuis, d'autres truculents scandales avaient nourri ces élèves en manque d'histoires scabreuses. Je me sentais de bonne humeur, plus sensible au soleil qui brille ou aux blagues de ma voisine de cours.

Il était sans doute impossible pour les autres de se rendre compte de mon changement d'humeur. « Avant », j'avais toujours pris soin de compenser ma lourdeur de postérieur par ma légèreté d'esprit. *Grauku était drôle, avenante et optimiste. Elle ne pouvait pas se permettre autre chose. D'ailleurs, cela ne la mettait même pas à l'abri des sales blagues et des insultes. Elle n'y réagissait pas. Faire la gueule est le privilège de celles dont cela n'altère pas le charme !* Aujourd'hui, je souriais sans serrer les dents, je riais spontanément, je m'intéressais aux conversations sans me forcer. « Un tour au centre commercial ? Pourquoi pas. » Je pouvais toujours faire du repérage de vêtements, je tenterais ma chance à l'essayage plus tard. Bientôt. Je ne faisais plus semblant. Mais j'avais toujours feinté avec tant de réalisme que seule Raphaëlle a perçu la différence.

– T'as l'air en forme, me confia-t-elle un soir dans le bus.

– C'est vrai, ça va bien en ce moment, lui répondis-je, légèrement émue.

Je ne voulais pas parler du carnet à Raphaëlle, mais j'avais envie de partager avec elle mon espoir.

– J'ai perdu deux kilos ces deux dernières semaines, lui annonçai-je d'un ton volontairement désinvolte.

– C'est super, tu dois être contente ! s'exclama-t-elle.

Elle a dû juger sa joie un peu déplacée, car elle s'est immédiatement reprise :

– Enfin Manon, c'est pas que tu aies tant de kilos que ça à perdre, mais si tu te sens mieux, ça me fait vraiment plaisir pour toi...

– Oui, c'est... *cool*.

J'étais bien, là, dans ce bus, avec ma meilleure amie. J'ai détourné les yeux, regardant les rues défiler...

– Tu sais, Raphaëlle, cette photo qui a circulé. Merde, ça m'a fait mal. Très mal. Je savais que j'étais grosse, pas besoin de ces idiotes pour m'en rendre compte. Mais ce jour-là, elles m'ont comme...

Je cherchais mes mots :

– Comme volé une part de moi. Et pas mon gros cul, non, autre chose. Une part de ma souffrance. Elles l'ont exposée sans pudeur. Ah, si je savais qui a pris cette photo !

Un instant, mes yeux piquèrent. Non, c'était fini... Depuis deux semaines, j'avais cessé de me détruire. Je ne laisserais plus non plus les autres s'en charger :

– Si je savais qui c'était, je leur serrerais la main, à ces tartes ! Il faut croire que grâce à elles, je règle enfin mes problèmes.

Je me suis retournée vers elle pour achever ma phrase sur un clin d'œil appuyé, du style « tout est *cool* ». Raphaëlle, qui n'avait pas osé m'interrompre, semblait soulagée. *Eh oui, le gros cul de Grauku est un tabou, même pour sa meilleure amie !* Elle me sourit. Elle joignit les deux mains, fit craquer ses doigts. Puis, me regardant droit dans les yeux, elle a changé de sujet :

– Manon, c'est nul que tu sois pas invitée à la soirée de Justine demain. Je sais même pas si je dois y aller…

– Ne me fais pas un coup pareil… « Raffi », lui répondis-je, faussement effrayée, en insistant bien sur le surnom. Sinon, qui me fera le compte rendu direct, objectif et… méchant de la soirée ?

« Raffi » ne s'offusqua pas que je fasse allusion au petit nom tendre dont l'avaient affublée Justine et Lisa. Elle éclata de rire :

– Compte sur moi !

Le samedi ne fut cependant pas si *cool* que ça. La moitié de ma classe était invitée à cette soirée, l'autre… ne m'intéressait pas. Ouais, bon, j'étais sans doute un peu de mauvaise foi… Comme je tournais en rond dans la maison, ma mère me proposa de l'accompagner chez tante Florence.

J'aime beaucoup la sœur de ma mère. D'abord parce que c'est sa petite sœur. Elles ont huit ans d'écart, elles n'ont même pas grandi sur les mêmes musiques ! J'ai l'impression du coup qu'elle me comprend mieux. Ensuite parce que Florence est aussi ma marraine. Une super marraine. Comme elle n'est mère que depuis trois ans, elle a sans doute eu plus de temps pour s'occuper de moi au début. Mais il n'y a pas que cela, ça ne se résume pas à une simple question de temps libre. Marraine, chez elle, c'est une vocation. Même avec ses deux enfants, Florence sait encore prendre soin de moi comme peu de marraines y parviendraient.

– Dis-moi, ma belle, t'aurais pas un peu maigri, toi ?

Voilà, c'était aussi simple que cela ! En un coup d'œil, Florence avait remarqué mes deux kilos perdus.

– C'est vrai, lui répondis-je, une fois de plus sur un ton détaché.

Pourquoi Grauku ne manifestait-elle aucun enthousiasme en parlant de son amincissement ?

– Tu sais, Amandine est impatiente de te voir. Hugo dort encore, je t'appellerai quand il se réveillera.

OK, message bien reçu. Les deux sœurs avaient envie de discuter seules, je comprenais. Après tout, même petite, je rêvais déjà qu'un quelconque magicien transforme mon imbécile de grand frère boutonneux en une sœur sympa et ouverte. En plus, j'aimais jouer avec Amandine.

Nous en étions à notre énième version de « je serai la princesse et tu seras le prince » quand Florence entra dans la chambre de sa fille, un Hugo encore somnolent calé sur la hanche :

– Les filles, vous voulez une collation ?

– OUI !

Le cri d'Amandine m'amusa. Moi aussi j'avais envie d'une collation. Je commençais à avoir faim. Que j'aimais ce petit gargouillement pourtant désagréable ! Il me murmurait « oui, Manon, il est temps de manger », moi qui avais tant entendu une autre petite voix intérieure me ressasser : « Allez Grauku, gave-toi donc un peu plus. »

Il y avait, trônant sur la table de la cuisine, un pot déjà ouvert de pâte à tartiner au chocolat. J'imaginais, en regardant son bord tout chocolaté, la main plongeant le couteau avec gourmandise, puis redéposant l'excédent, promesse d'une prochaine tartine.

Seulement, moi, cela ne m'envoûtait plus. Je pris une tranche de pain, la beurrai en veillant à bien étaler le morceau et y mordis à pleines dents. Amandine, déjà toute barbouillée, souriait avec délectation. Je devais vraiment me convaincre que c'était ça, le chocolat aujourd'hui. Les moustaches de ma petite cousine. Il était confiné dans un rôle qui lui allait à merveille, non ?

Que s'est-il passé ensuite ? Ou, plutôt, comment est-ce arrivé ? Je ne sais pas. Toute à la bonne humeur du moment, Florence a sorti sa réserve de bonbons. J'ai pioché dans la grosse boîte métallique. Puis plongé. M'y suis noyée. Au point de chercher tous les prétextes pour ne pas suivre Amandine dans sa chambre et rester dans la cuisine. Ma marraine a finalement compris, je crois.

– Allez, on remballe, gare aux caries, a-t-elle claironné, le plus naturellement possible.

Cela sonnait faux. Faux comme le sourire que j'ai affiché jusqu'à ce qu'on parte, puis dans la voiture. Je m'étais goinfrée, j'avais ruiné tous mes efforts. Mais le plus douloureux encore, c'était ce petit crabe au creux de mon ventre. La bête réveillée, qui tentait de m'emmener dans une boulangerie, une épicerie, une grande surface. Dans n'importe quel endroit où l'on trouve des bonbons. *Grauku avait repris son chemin de croix.*

Quand je suis arrivée à la maison, j'ai foncé dans ma chambre. Ma décision était prise. J'ai sorti le carnet turquoise, attrapé le premier stylo qui me tombait sous la main et j'ai inscrit, en appuyant bien sur la mine :

Confiseries (15 novembre)

J'ai ajouté :

Biscuits, sucrés et salés (Soyons précise !)

Pâtisserie. Non, « pâtisseries ».

J'ai réfléchi un instant, me mordillant la lèvre inférieure.

Glaces, oui, bien sûr.

Et crème chantilly !

Chaque fois, j'ai ajouté la date entre parenthèses. Quelle journée ! Il faudrait que je m'en souvienne... *Voilà, Grauku était à l'abri !* J'ai souri en regardant ma liste de courses. Puis je me suis rendu compte que ce n'en était pas une. En quelques secondes, j'avais rayé de ma vie toutes les douceurs sucrées. J'ai pensé à Kilodrame, à ce pacte que je scellais avec elle par le biais de ce carnet. J'ai réentendu sa mise en garde. *Quel prix Grauku était-elle donc prête à payer pour disparaître, pour céder la place à Manon ?* La question m'effraya. Aussi vite que j'y étais entrée, je suis ressortie de ma chambre pour retrouver les discussions anodines et rassurantes de ma famille, installée devant la télévision du salon.

Chapitre 7

La nourriture. Ce fut ma première pensée en me réveillant le dimanche matin. Manger : je voyais presque le verbe inscrit devant mes yeux. Je n'avais pas envie de me précipiter à la cuisine pour me goinfrer. Je n'étais pas tiraillée par la faim. Non, je me suis simplement demandé ce que ce verbe signifiait, comme si je le découvrais. Surtout, que voulait-il dire pour moi ? Qu'avait-il représenté dans la vie de Grauku ? Et quelle place aurait-il dans la mienne désormais ? Les événements de la veille me laissaient, sans mauvais jeu de mots, un goût amer dans la bouche. *Grauku était donc toujours aussi faible. Ça, elle s'en doutait ! Mais, surtout, encore menacée ?* Le problème ne venait donc pas du chocolat, mais de moi.

Et qu'avais-je fait en notant tous ces mots si vite dans le carnet, sur ma liste noire ? Pour enfin trouver la paix, je ne goûterai plus jamais à la douceur d'une île flottante, à l'onctuosité de la chantilly, au fondant des bâtonnets de réglisse fourrés... aux calories des tartes Tatin ! *Grauku, il faut savoir ce que tu veux...*

J'ai eu envie de me peser. Vite, vérifier que les bonbons de Florence n'avaient pas ruiné tous mes efforts. Oh si, c'était certain. J'avais repris les deux kilos. Peut-être même plus. Je le sentais... J'avais tellement ingurgité de sucre ! J'ai attendu le verdict de la balance. Point mort. Ni plus – ouf ! – ni moins – ah ? – que vendredi matin, lors de ma dernière pesée.

Normal, mon corps n'avait pas encore eu le temps de fabriquer les petites cellules graisseuses en plus, mais ça viendrait. *Grauku payait toujours l'addition !*

NON ! Non, je ne devais plus rentrer dans le cycle gavage – culpabilité. Non, cela ne m'arriverait plus. J'avais fait ce qu'il fallait pour m'en prémunir, non ? J'allais chasser mes pensées philosophiques sur le pourquoi et le comment de la nourriture. J'allais prendre mon petit déjeuner – quand même ! –, me doucher vite fait et appeler Raphaëlle pour avoir le compte rendu de la soirée de Justine. Et je me fichais bien de savoir si elle s'était gavée de son gâteau d'anniversaire !

– Allô… Salut Manon…

Au bout de la ligne, Raphaëlle m'accueillit entre deux bâillements.

– J'te réveille ? T'es rentrée tard ?

– Non… oui… enfin pas trop ! Ça va, toi ?

Comme je l'aime pour cela, ma Raphaëlle ! C'est elle qui était à LA soirée à ne pas manquer et elle commençait par prendre de MES nouvelles. Moi ? *À part les deux kilos que je vais reprendre et une condamnation à perpétuité à ne plus savourer de desserts, ça va…* J'ai opté pour la version courte :

– Super. J'ai vu Amandine et Hugo hier. Ils sont de plus en plus mignons. Alors, raconte !

– Manon…

« Manon, Justine avait une robe trop ridicule, Lisa a bu trop d'alcool et a vomi devant tout le monde, l'ordinateur est tombé en panne, plus de musique ! » Voilà le résumé auquel je m'attendais. Que j'espérais un peu sans doute. Raphaëlle allait lâcher un sentencieux « c'était plate », nous rigolerions bien et passerions à autre chose. Affaire classée. Au lieu de cela, Raphaëlle m'a annoncé :

– Manon, je suis sortie avec Boris hier soir. J'suis, tu peux pas savoir… si contente. Waouh… Ce gars me faisait craquer depuis longtemps. Et là, c'est lui qui est venu vers moi…

Effectivement, je ne pouvais pas savoir. Raphaëlle et moi ne parlons jamais des gars ensemble. Ou alors seulement pour rire des pseudo-aventures trépidantes des filles de notre classe. Toutes les deux, on préfère discuter des bouquins qu'on a lus, des derniers films sortis, du réchauffement de la planète même ! Mais pas des gars. C'est trop futile, non ? *Ou trop frustant, hein, Grauku ? Ce n'est pas demain qu'il te tombera dans les bras, le prince trippant.* Raphaëlle ne m'avait jamais parlé de ses sentiments pour Boris. Et je ne pouvais pas lui en vouloir, car jamais Grauku ne lui avait confié que c'est sur Thomas qu'elle, elle craquait.

Après tout, je voulais me changer les idées en appelant ma meilleure amie, c'était mission réussie ! Et puis j'adore Raphaëlle, alors j'étais vraiment contente pour elle.

– Raconte tout, l'ai-je suppliée sans feinter.

Raphaëlle ne m'a épargné aucun détail. Elle a glissé dans son romantique compte rendu quelques pics bien acerbes sur Justine et ses copines.

– Tu sais, me confia-t-elle, je crois que Boris plaît à Justine. Il fallait voir sa tête hier soir quand elle a compris que nous étions ensemble ! Dommage que mon cellulaire ne prenne pas de photos, je t'aurais immortalisé sa face !

Un quart de seconde, j'ai revu la photo de mes fesses qui avait circulé dans toute l'école à cause de ce genre d'appareil. Elle a sans doute mal interprété mon silence :

– Tu sais Manon, tu dois pas t'en faire. C'est pas parce que je suis « casée » que l'on se verra moins. Enfin un peu. Mais presque pas ! Tu restes ma meilleure amie.

Je sais cela, Raphaëlle, je ne m'inquiète pas…

– Peut-être que je ne prendrai plus le bus avec toi le matin, reprit-elle d'une voix gênée. Tu sais, je me dépêchais parfois d'attraper celui d'avant uniquement pour voir Boris. J'étais tombée sur lui une fois par hasard et je savais que je le trouverais.

Et pendant ce temps-là, je me réjouissais d'aller acheter mon chocolat…

– Tu as eu bien raison ! lui rétorquai-je. Pas de problème pour le bus, je te laisse à tes amours, je reste à mes lectures. Tu sais que j'adore ça. Franchement, je suis contente pour toi. Maintenant, il faut qu'il se tienne tranquille, Boris ! Même si Justine lui sort le grand jeu. Je vais l'avoir à l'œil.

– Manon, je voulais te dire encore… Samedi soir, j'ai mis la jupe qu'on avait achetée ensemble. Je te remercie de m'avoir poussée à la prendre. Boris m'a dit qu'elle m'allait vraiment bien. Je me complexe parfois sur des trucs débiles. Mais c'est fini.

Alors nous sommes deux… Enfin presque.

Chapitre 8

Vous avez un nouveau message

Salut Grauku ! T'en es où de tes kilos perdus 🙂... et de ta liste ?

Kilodrame

Depuis que j'avais utilisé le carnet, je n'avais pas réécrit à Kilodrame. J'avais bien pensé écrire un billet sur mon blogue au bout de huit jours, pour annoncer ma perte de poids. Après tout, je m'y étais engagée. Mais j'avais tellement peur de regrossir la semaine suivante ! J'aurais été ridicule et je n'avais pas envie de l'être devant... Devant ces inconnus, devant cette Kilodrame qui ne me reconnaîtrait pas dans la rue (*ou alors à mon gros cul ?*) et qui pourtant avait pénétré mon intimité. Bien sûr, j'avais maigri. Je pouvais l'annoncer maintenant. Une semaine après la soirée de Justine et ma crise de bonbons, ma balance affichait moins trois kilos au compteur. Surtout, je n'étais plus obsédée par le chocolat.

Nouveau message

Bonjour Kilodrame,

Désolée pour le silence... J'ai utilisé le carnet. Pas tout de suite, non. Pendant presque une semaine, le simple fait de posséder une telle arme m'a protégée de mes pulsions. Puis il y a eu un truc, et voilà, j'ai craqué. J'ai eu une envie de chocolat qui me déchirait presque les tripes. Et j'ai utilisé le carnet.

Grauku

Envoyer

Pour la première fois de ma vie sans doute, j'avais pu parler du chocolat sans culpabilité. Mon courriel ne ressemblait plus aux premiers billets de mon blogue. Ce n'était plus des bouteilles jetées à la mer. Je n'écrivais plus dans le vide, je m'adressais directement à cette Kilodrame. Ça me rassurait, je devais bien l'admettre, même si j'appréciais moyennement de lui rendre des comptes. Cette fille comprenait mes souffrances. Elle partageait mes espoirs puisqu'elle aussi avait dû perdre du poids. Et y était semble-t-il parvenue. Sa réponse ne tarda pas.

Vous avez un nouveau message

C'est bien que tu aies attendu autant que tu le pouvais. Ce carnet est une réponse, pas une méthode ou un mode d'attaque. Alors, comment te sens-tu ?

Kilodrame

Machinalement, je saisis le tissu de mon pantalon au niveau des cuisses. Trois kilos ne représentaient pas encore une taille en moins. Il en faut cinq pour cela, n'importe quel magazine, docteur ou grosse vous le confirmerait. Mais quand même, il flottait un peu. Je n'ai pourtant pas osé mentionner franchement ma perte de poids.

Nouveau message

Le chocolat ne me manque pas. Oh, je m'y suis reprise à plusieurs fois pour vérifier qu'il n'exerçait plus aucune

attraction. Je me suis même plantée devant le rayon chocolat du supermarché pour m'en convaincre.

Grauku

P.S. : Tu préfères pas qu'on *tchate* avec MSN ?

Envoyer

Vous avez un nouveau message

Re-salut Grauku !

Laisse tomber pour MSN. Je ne suis pas du tout accro à ce truc. Dans ce cas-là, autant se téléphoner. Et je crois que je n'ai pas envie de trop te connaître. Pour vivre heureux, vivons cachés ! C'est bien, tout ce que tu me racontes. Bravo. En vérifiant l'efficacité du carnet, tu as testé ta détermination. (Son compliment me toucha. Mais elle enchaînait aussitôt.) Reste à savoir ce que tu feras de ce carnet, ou en as déjà fait, par la suite.

Kilodrame

Le ton était doux, bienveillant sûrement, mais l'estocade me perça néanmoins la poitrine. Comment pouvait-elle savoir ? Je n'avais fait aucune allusion à ma liste à rallonge. Je fis semblant de ne pas comprendre :

Nouveau message

Tout s'est passé très naturellement, en fait. Je ne pensais plus au chocolat tout le temps et j'ai commencé à m'intéresser à ce qui se passait autour de moi. J'ai compris que la nourriture était avant comme une paire de lunettes que je portais en permanence. Seulement, les verres n'étaient pas adaptés à ma vue.

Grauku.

Envoyer

J'étais franchement contente que cet échange se fasse par ordinateurs interposés. À cette seconde précise, j'avais la certitude que je n'aurais pas pu soutenir son regard ou sa voix.

Vous avez un nouveau message

Belle image. Mais tu me parles de « nourriture « et pas uniquement de « chocolat » ?

Bien sûr elle avait relevé mon lapsus ! Embarrassée, je lui écrivis immédiatement :

Nouveau message

Sans doute car les premiers jours, j'ai été surprise par la faim. Cela ne m'était pas arrivé depuis bien longtemps. (Pour ajouter un peu de crédibilité à mes propos, je tentai le tout pour le tout.) Pas la peine de mentir, je suis très contente d'avoir maigri. Mais je comprends maintenant que cela ne pouvait pas se faire sans un bouleversement de ma façon de me nourrir et surtout d'appréhender l'action de manger.

Grauku

Envoyer

Kilodrame décida elle aussi de cesser la joute :

Vous avez un nouveau message

C'est déjà beaucoup. Tu as parcouru un beau chemin. Et effectivement, tu dois te réjouir de ta perte de poids. Rappelle-toi juste notre accord : il n'est pas possible de revenir en arrière. Te voilà confrontée à des choix bien difficiles. Prends le temps de réfléchir avant d'agir. Allez, je te laisse, sinon tu vas finir par avoir raison pour MSN !

Chapitre 9

Il me fallait vivre sans chocolat, sans bonbons, sans biscuits, sans pâtisseries, sans glaces. Il me fallait aussi me passer de Raphaëlle, de plus en plus souvent.

Franchement, je ne lui en voulais pas. Elle veillait toujours à ce que l'on ne se retrouve que toutes les deux un peu chaque jour, en dehors des heures de cours. Elle dosait alors savamment ses paroles. Elle me parlait suffisamment de Boris pour que je ne me sente pas mise à l'écart, mais pas assez pour que cela m'énerve. Elle est comme cela, Raphaëlle. Elle sait parfaitement éviter les excès, dans un sens ou dans l'autre. *À se demander comment elle peut si bien s'entendre avec Grauku...*

Ce qui m'énervait davantage, c'étaient les fréquentations qui découlaient de sa relation avec Boris. Quand elle était avec lui, elle était souvent aussi avec la bande de Justine et Lisa. Il arrivait que des groupies de ces deux starlettes la saluent lorsque nous étions ensemble. *Enfin de loin ! Raphaëlle était quand même avec Grauku...* J'avais toujours alors une phrase assassine à leur encontre. Un jour, Raphaëlle prit leur défense :

– Ces filles ne sont pas si superficielles que ça, tu sais.

Non, je ne savais pas. Elles ne m'adressaient jamais la parole, difficile pour moi d'imaginer quelque chose sous leur coquille vide !

– Ça m'ennuie de les rencontrer sans toi, Manon. Je suis sûre que tu t'entendrais bien avec certaines. Tiens, Pauline par exemple : elle lit le dernier roman de Philippe Claudel en ce moment. Ça vous fait un sacré point commun ça, non ?

– Elle « lit le dernier Claudel » ne signifie pas qu'elle le comprenne, lui rétorquai-je un peu brusquement. S'il te plaît « Raffi », fréquente-les si tu veux, ça me dérange pas. Me demande pas d'en faire autant.

« Raffi » fut visiblement blessée. Mais elle ne renchérit pas. Nous sommes restées encore un peu, à parler de tout et surtout de rien. Nous veillions l'une et l'autre à ne pas écourter notre temps de parole, mais la communication était visiblement rompue. Boris est enfin apparu. C'est un garçon à la fois très mince et très grand. Cela pourrait lui donner une allure de grande tige, mais ce n'est pas le cas. Sans doute, car il a une bonne dose de confiance en lui. En sa belle gueule, ses yeux bleus et son épaisse chevelure rousse… Non, je n'étais pas honnête. Boris était un bon gars. Sinon, Raphaëlle n'aurait jamais craqué pour lui. Raphaëlle est une fille honnête, profonde. Et à cet instant… blessée. J'ai embrassé l'une, dit au revoir à l'autre. J'aurais aimé lui dire que je regrettais, qu'elle avait sans doute raison. Qu'on ne juge pas les gens sur leur apparence, j'étais bien placée pour le savoir. Mais au lieu de tout cela, je les ai regardés partir, bras dessus, bras dessous.

En rentrant à la maison, je ne me sentais vraiment pas bien. J'avais envie de me blottir contre mon vieux lion en peluche, dans les bras de ma mère ou de mon père, jamais là à cause de son boulot. Je voulais retrouver le temps simple de l'enfance, où les disputes avec Raphaëlle disparaissaient aussi vite qu'elles étaient venues. Où les méchantes filles étaient celles qui tiraient les cheveux. Où je ne mangeais que quand Maman interrompait mes jeux d'un retentissant : « À taaable ! »

À propos de nourriture… Oui, j'avais bien un peu faim. J'étais mal à cause de ma dispute avec Raphaëlle, mais aussi parce que je n'avais rien avalé depuis ce midi. J'allais arranger cela : manger un morceau et appeler mon amie. Je suis allée directement vers le réfrigérateur. Depuis que j'avais allongé la liste de mon carnet, plus rien ne me tentait dans les placards. J'ai sorti la boîte de fromages, j'en ai fait rapidement l'inventaire : du camembert, du chèvre, du roquefort, du gruyère... de la tomme même. C'est bon, notre réserve serait sans problème homologuée « typique Français » ! *Et franchement, ils ont bien raison les Français,* me dis-je en souriant. *Ça, c'est de la nourriture. C'est autre chose que ce chocolat industriel dont je me suis tant gavée. Voilà de bons produits laitiers, pleins de calcium... de ferments même, bons pour les intestins. Il suffit de le manger sans pain, pour limiter les calories. Oui, c'est bon. Hum, ce chèvre est fondant, ce camembert à point, cette tomme est... finie déjà ? Pourtant il en restait un gros morceau.*

J'ai presque senti le coup d'épaule de Grauku bousculant Manon pour reprendre sa place. ***Il faut dire que Grauku, elle, savait. Fromage ou chocolat, au final le résultat est le même : deux coussins graisseux ! Il fallait vraiment être débile ou très faible – voire les deux – pour s'empiffrer comme cela de graisses pures, minimum 45 % chacun.*** Jamais je ne m'en sortirai ! J'allais continuer à me mentir comme cela toute ma vie, à me justifier sans rougir mes envies de bouffer. Et accumuler les crises de boulimie et les kilos. J'avais avalé une part de tomme, un demi-camembert et sérieusement attaqué le chèvre et le roquefort. Pour tout arranger, mes parents allaient forcément s'en rendre compte ce soir. D'ailleurs, mon père arrivait dans la cuisine. Il ne manquait plus que ça : un choc frontal avec lui ! Après tout, j'avais au moins fait le plein d'énergie...

– Ah, bonsoir Manon. Ta journée s'est bien passée ? Il reste un peu de camembert ? Tu le manges sans pain ? Passe-m'en donc un morceau.

Bonsoir Papa. Ma journée ? Super bof... Le camembert ? J'ai eu pitié de lui, j'en ai finalement laissé un peu. Ben oui, j'en mange sans pain, ça fait grossir, le pain...

– Tiens, il est là, le pain. Je file, il me reste des devoirs.

Précision inutile, mon père n'allait pas chercher à me retenir. Parfois, je me demandais s'il vivait vraiment sous le même toit que nous. Il travaillait beaucoup, partait tôt, rentrait tard. Tiens, oui, pourquoi était-il déjà là ? Nous nous parlions peu et je ne cherchais pas à renouer le contact. Après tout, c'était lui le parent, c'était son boulot de veiller à notre bonne communication. Moi, j'avais d'autres préoccupations. Des « affaires d'ados » vous diraient les magazines que lit ma mère. En l'occurrence, une liste à compléter.

Fromages (2 décembre)

Au pluriel : tous et à jamais.

J'ai rangé au fond de ma table de nuit le carnet, et me suis laissée tomber sur mon lit. *Alors Grauku a fondu en larmes.*

Chapitre 10

« Fromages ou dessert ? » Ni l'un, ni l'autre, merci... Merci qui ? Kilodrame et son carnet ensorcelé ? Les « autres » qui déclenchent mes crises par leur comportement ? *Ou merci Grauku, merci pour ta faiblesse et ton manque de discernement ?*

J'avais supprimé ce qui adoucissait mon quotidien auparavant. Ce qui l'allégeait, oserais-je dire ? Ce qui me permettait en tout cas de tenir le coup.

Bien sûr, ce n'était pas si simple. Tous ces excès alimentaires ne m'avaient réconfortée que dans l'instant. Comme le bébé à qui on colle la tétine dans la bouche. Ils n'avaient jamais réglé mes problèmes et m'en avaient même créé de nouveaux. Mais manger, et penser à manger, m'évitait de songer à autre chose.

Désormais, quand ça allait mal, je ne pouvais plus compenser immédiatement. Je n'allais quand même pas me mettre à fumer ! Je n'en avais ni l'envie ni les moyens. Et puis je savais bien comment cela finirait : j'ajouterais tout simplement « cigarettes » à ma liste secrète. Non, je devais essayer d'affronter le quotidien les mains nues et la bouche vide.

J'ai réussi à mettre les choses à plat avec Raphaëlle. À mettre des mots sur ma souffrance. J'étais jalouse. Jalouse de Boris et de toute cette bande qui me piquaient mon amie, et jalouse de ce qu'elle vivait avec son *chum*. Une fois encore elle a compris. A reconnu qu'elle avait aussi sa part de responsabilité, que tout cela avait été très vite. Qu'elle allait faire attention, maintenant.

J'ai pris sur moi pour la rejoindre quand elle était avec les « autres ». Les commentaires enthousiastes de Pauline sur ce fameux dernier livre de Philippe Claudel ne manquaient pas de bon sens. Moi aussi, j'étais super contente qu'il ait eu le Goncourt des Lycéens[1]. J'ai promis de lui prêter, dans un autre genre, *Le Monde selon Garp*, un roman de John Irving que j'adore aussi.

Et quand Boris m'a invitée à la soirée qu'il organisait à son tour pour fêter les vacances de Noël, ça m'a franchement fait plaisir. Raphaëlle était complètement excitée à l'idée de cette soirée, qui n'était pourtant programmée que deux semaines plus tard. Elle voulait être « trop *cool* ». Je l'ai revue dans cette boutique, à peine deux mois plus tôt, cachant ses genoux anguleux. Boris l'avait métamorphosée, il lui avait donné confiance en elle. Tout d'abord, cette idée m'a attristée. Nous nous connaissions depuis près de dix ans et, en un mois et demi, il lui faisait plus de bien que moi… Puis je me suis consolée : c'était normal, c'était l'amour. On se fiche que sa meilleure amie nous trouve vraiment belle. Quand le compliment vient d'un gars, ça produit un tout autre effet. Allez, mon tour viendrait… La soirée d'abord.

Bien sûr, se posait le problème de ma tenue. Je devais marquer le coup. Mais je ne me voyais pas refaire les boutiques avec Raphaëlle. Je n'avais aucune envie de me reprendre une grosse claque. D'ailleurs, elle ne me l'a pas proposé. Pour elle, ça ne devait poser aucun souci, elle attraperait le soir venu les vêtements dans son placard. Raphaëlle rentrait dans tout ce qui se trouvait sur ses étagères. Mon armoire était beaucoup moins sympathique.

Ma mère, elle, s'habillait super bien. *Cool* et classe à la fois. Elle n'était pas aussi mince que Raphaëlle, mais n'avait aucun souci de poids. Peut-être pourrais-je essayer une de ses jupes… Je ne demandai pas la permission à ma mère. Pas de peur qu'elle me la refuse, non. De peur qu'elle y assiste. Heureusement.

---

1. Prix littéraire remis en France annuellement.

J'ouvris donc sa penderie, à la recherche de la jupe magique ! L'image me fit sourire toute seule. Il fallait de l'humour pour affronter ces essayages, chez ma mère ou dans les boutiques. Je n'ai pas déniché l'impossible « bas ». Les pantalons de ma mère me sont restés à mi-cuisses. J'étouffais tellement dans ses jupes que je n'aurais pas osé faire un pas avec, de peur de les déchirer. Comment avais-je pu être assez naïve pour croire que mes problèmes se régleraient en six semaines ? Pourtant, il fallait bien que ces kilos soient partis quelque part. Allais-je vraiment un jour porter un pantalon parce qu'il me plaisait et non parce qu'il m'allait ? Aurais-je un jour aussi ce luxe si naturel pour Raphaëlle et les autres du… choix ? Il fallait que j'y croie, mais c'était si dur.

Je me suis assise sur le lit de mes parents, j'ai enfoui la tête dans mes mains. Rien ne changeait donc ? J'avais envie de pleurer. Je me suis levée brusquement. Non, je n'avais pas fait tous ces sacrifices pour rien ! Je ne maigrissais plus aussi vite qu'au début ? Je n'étais sans doute pas assez vigilante. Je n'allais pas me précipiter sur mon carnet, mais sereinement passer en revue ce que j'avais mangé – *avalé, enfourné ?* – ces derniers temps et je prendrais les mesures qui s'imposaient. En plus, ça me blinderait pour affronter les repas de réveillons. J'avais l'arme nucléaire dans le tiroir de ma table de nuit. J'allais gagner. J'ai quitté la chambre de mes parents, en veillant bien à ne laisser aucune trace de mon infraction. Je suis allée dans la mienne.

J'avais perdu trois kilos et demi depuis le début de l'aventure… J'aurais sans doute pu maigrir plus rapidement si je n'avais pas eu ces moments de faiblesse sur les bonbons et le fromage. Heureusement que j'avais ce carnet ! Mes parents commençaient à considérer d'un œil suspect mon refus systématique de pâtisseries et de fromages. Mais comme je mangeais pas mal de fruits et de yogourts, ils avaient mis cela sur le compte d'un nouveau régime mystère.

Pas question cette fois-ci d'agir impulsivement. J'ai pris une feuille de papier et j'ai noté scrupuleusement tout ce que j'avais mangé ces trois derniers jours. L'exercice ne s'est pas révélé simple ! J'ai constaté avec plaisir que je ne mangeais presque plus entre les repas, ou alors juste un bol de céréales ou un fruit. Bon, je me resservais parfois en céréales, c'est vrai. Mais c'était des légères sans copeaux de chocolat ! À table par contre, c'était autre chose. Sous prétexte de trouver l'indispensable énergie à mon épuisante vie d'adolescente en mutation *(vous n'êtes pas convaincus ? Grauku l'était !)*, je mangeais énormément de féculents. J'ai alors sorti le manuel gentiment offert par ma mère il y a quelque temps : *Le petit guide de la minceur*. Charmant catalogue des aliments et de leurs équivalences en calories. À l'époque, je ne l'avais pris que pour une preuve supplémentaire de ses talents en communication, mais ce bouquin allait finalement me servir. Ce guide est tout petit, comme ça, hop, vous l'avez toujours en poche pour le brandir dès que vous vous apprêtez à fauter : *vade retro* sacré gras !

Je m'étais promis de rester rationnelle, je me suis tenue à mon engagement. J'ai converti en calories chaque aliment ingurgité en mesurant, à la louche pourrait-on dire, les quantités avalées. Et j'ai fait le calcul. Pas surprenant que je paie l'addition… Entre la viande rouge dont je raffolais, les pommes de terre et les pâtes, que j'avalais pourtant avec de la crème allégée, je dépassais encore les 2500 calories par jour. Et les yogourts ! Ces satanés produits laitiers bons pour la santé me plombaient aussi l'estomac. Ah, je pouvais y aller sur le poireau et la courgette ! Mais je n'avais encore jamais trouvé de Minigo saveur courgette. Faudrait peut-être mieux chercher… Allez, ce n'était pas le moment d'être en colère ou cynique : j'avais additionné, j'allais soustraire. Qu'est-ce qui coûtait le plus ? La viande rouge, je ne pouvais pas le nier. Et les féculents : les plâtrées de pâtes, les patates plus au beurre qu'à l'eau.

J'ai sorti mon carnet. J'ai fermé les yeux. J'ai entendu le morceau de steak grésiller dans la poêle, j'ai senti l'odeur du beurre fondu, la note d'oignons que ma mère y ajoutait. J'ai mordu, apprécié que la tranche me résiste une seconde avant de fondre. Saignante, rouge même. C'est comme cela que je l'aime. Que je l'aimais ? J'y ai ajouté des pommes de terre, des pâtes, de la crème, l'assiette débordait. C'était bon. C'était si bon... Puis j'ai tout envoyé promener. Je me suis imaginée dans une cabine d'essayage. J'ai enfilé un pantalon qui coinçait, une jupe que j'aurais dû porter quasiment sous la poitrine pour que mes fesses y respirent. J'ai pensé à Raphaëlle, à Boris, à ces baisers indécents qu'ils s'échangeaient quand ils se croyaient à l'abri des regards. Je voulais quoi ?

Yogourts (9 décembre)

Viande rouge (9 décembre)

Féculents (9 décembre)

Voilà, c'était inscrit. Cette fois-ci, je ne m'étais pas laissée déborder par mes émotions. C'était des choix raisonnés. Alors pourquoi ravalais-je quand même mes larmes ?

Chapitre 11

Heureusement, ce soir-là, ma mère avait cuisiné un poulet. J'en ai savouré chaque bouchée, me resservant même en haricots verts qui les accompagnaient. Des pommes de terre ? Non, je n'en avais pas envie, pas aujourd'hui. Pas demain et la semaine prochaine non plus, mais ça, chers parents, je n'étais pas près de vous l'avouer ! Mon père aussi ne s'est pas montré très gourmand. Il semblait préoccupé mais s'est bien gardé une fois de plus de nous confier ce qui le tracassait. Histoire de mettre un peu d'ambiance, j'aurais bien lancé à l'assistance que j'étais invitée à la soirée de Boris. Là, pas de souci, il y aurait eu débat :

– Et c'est où ? Jusqu'à quelle heure ?

– Les parents seront là ?

– Y'aura de l'alcool ?

– T'en es sûre ?

Mes parents auraient réussi à se donner la réplique ! Seulement je n'étais pas d'humeur à supporter les sarcasmes de mon frère. Alors je n'ai rien dit. Et la famille moderne que nous sommes a gentiment fini son repas en commentant chacun à son tour la couleur de la cravate du présentateur du journal télévisé. Dites-moi un peu, que ferions-nous sans la télé ? J'ai avalé une clémentine et j'ai filé dans ma chambre.

J'avais finalement bien mangé. Pas ce que je préférais forcément mais cela n'avait été en aucun cas un calvaire. Je me suis persuadée que, depuis longtemps, je me privais de ces plaisirs bons pour la santé. J'avais bien fait en allongeant la liste. Certes, je ne trépignais pas d'impatience à l'idée du prochain repas, mais j'arriverais sans doute un jour à porter autre chose que des « cache-graisse ». Vivement vendredi prochain, que je me pèse à nouveau ! J'avais trois kilos et demi en moins hier, sûrement encore moins ce soir ! Ça devrait bien finir par se voir quand même ! Ça se voyait déjà, en fait. Raphaëlle et ma marraine me l'avaient dit. Qu'est-ce que j'attendais pour y croire vraiment, un courrier officiel de *Mince et Jolie* ?

Je me suis souvenue d'une visite au Musée des Beaux-Arts de Montréal, avec l'école. C'était il y a deux ans, en 2e secondaire, et mon poids me pourrissait déjà la vie. Nous avions vu de nombreuses toiles du XVIIIe siècle avec des femmes vraiment grosses et flasques. À croire que les peintres avaient vu de la grâce dans ces grasses. Les garçons avaient ricané bêtement. Les profs avaient vainement tenté de nous expliquer que les critères de beauté n'étaient pas les mêmes à l'époque. Preuve que tout cela n'était en fait qu'une histoire de mode. Mais nous n'étions pas convaincus. À un moment, n'en pouvant plus, je me suis franchement éloignée. Raphaëlle m'a rejointe :

– Ça ne va pas, Manon ?

– T'as vu ces femmes obèses, à poil comme ça ! Je leur ressemble, non ? Tu crois pas que je me suis trompée de siècle ?

Je n'avais jamais parlé clairement de mes problèmes à Raphaëlle et elle a semblé très surprise :

– T'es folle ou quoi, Manon ? Oui, t'as quelques kilos en trop, mais tu es loin de ces femmes. Désolée de froisser ton *ego*, mais t'aurais jamais pu poser pour ces grands peintres !

Je n'ai pas voulu relever son trait d'humour :

– Tu dis ça pour me faire plaisir ! J'ai des cuisses et un cul énormes, je le sais. Je ne les vois pas, mais je les sens et je peux te dire que chaque fois que j'essaie un morceau, ça bloque sérieusement. Non Raphaëlle, n'essaie pas d'être sympa en me mentant. Je suis énorme.

Raphaëlle a paru un instant déconfite. J'avais les larmes aux yeux et elle l'avait remarqué. Je l'examinais, imaginais l'argumentaire qu'elle devait tourner et retourner dans sa tête. Ça, notre prof de français serait sûrement fière de ce qu'elle allait me sortir. Puis j'ai vu un grand sourire s'inscrire sur son visage. Au diable le français et l'art de l'argumentation, Raphaëlle avait pris une option plus... scientifique !

– OK, me lança-t-elle. Nous allons faire le tour du musée, laisser tomber ces toiles et nous concentrer plutôt sur les visiteurs... et leurs fesses ! Tu me montres celles que tu crois être comme les tiennes et je te dirai en toute franchise si tu es plus grosse ou moins grosse. D'accord ?

Le lendemain, en cours de français, nous avions toutes les deux bien peiné pour sortir un compte rendu de cette sortie. Mais qu'est-ce qu'on avait ri ! Le pire, c'est que pour la première fois depuis longtemps, j'avais réussi à me « ranger » dans une catégorie. Raphaëlle m'avait convaincue que je n'étais certes pas un top model, mais pas un monstre non plus. Ce soir, dans ma chambre, j'aurais bien eu besoin d'une visite express du musée d'art du coin.

Chapitre 12

Moins un kilo en une semaine ! Waouh waouh waouh ! Moins quatre kilos et demi en un mois... À ce rythme-là, ma balance allait devenir ma meilleure amie ! Non, bien sûr que non... Mais quand même ! J'étais tellement contente que je me suis précipitée dans la chambre de mes parents. Mon père était déjà parti.

– Maman, j'ai encore perdu un kilo cette semaine ! Ça fait quatre et demi en tout !

Les battants de sa penderie grands ouverts, ma mère finissait de s'habiller. Je n'aperçus d'abord que ses pieds et, un court instant, je l'imaginai happée par son armoire. Ma mère avalée par sa collection de vêtements, celles qui m'avaient rejetée... Rapidement, je vis son large sourire surgir.

– Ma chérie, c'est super ! Je savais que tu y arriverais !

Tiens, il n'était plus question de « nous » ? Je ne pouvais quand même pas lui en tenir rigueur, je l'avais sérieusement mise hors du coup. Un instant, je vis le carnet caché dans ma table de nuit. Faudra-t-il un jour lui dire ? Pas aujourd'hui en tout cas. Aujourd'hui, j'avais quatre kilos et demi en moins. Ma mère disait « tu » pour souligner ma victoire. Et le monde m'appartenait. Alors je me suis lancée :

– Maman, je suis invitée à une soirée samedi prochain. Boris, le copain de Raphaëlle, fête ses quinze ans.

Et là, je me suis préparée à essuyer la salve de questions et de conditions : « À quelle heure ? Et les parents ? Combien de garçons ? Y'aura de l'alcool ? » Au lieu de cela, ma mère s'est approchée de moi, a enroulé mes épaules de son bras et, comme si elle pensait à voix haute, a annoncé :

– Ce serait bien de te trouver une tenue pour l'occasion. On pourrait faire les boutiques demain après-midi si tu veux.

Elle est retournée dans son armoire se choisir un chandail. Je l'ai regardée replonger, refaire surface un instant, puis disparaître à nouveau :

– Manon, t'inquiète pas, je me charge d'annoncer la nouvelle à ton père... Ah, la première soirée !

J'ai laissé ma mère à ses souvenirs. Les miens étaient plus frais : je revivais mon humiliation ici même, une semaine plus tôt. Malgré la joyeuse réaction de ma mère, je me sentais soudainement cafardeuse. J'appréhendais vraiment de me retrouver de nouveau dans une cabine d'essayage. *Demain, une fois de plus, Grauku allait se prendre une grosse claque. Un kilo en moins ne ferait pas la différence.* Si. Il le fallait. Grauku ne me gâcherait pas la journée à venir, c'était hors de question !

Le lendemain, j'ai eu beaucoup de mal à résister à mon envie de me peser. On ne sait jamais, si j'avais perdu un kilo en plus, là, rien qu'en dormant ! Ou même seulement 500 grammes. Ça ferait cinq kilos. Oui, chers magazines, docteurs et grosses, une taille en moins. Mais j'ai tenu le coup. Ma mère m'a emmenée en ville, dans une boutique qu'elle connaissait bien. Je suis entrée dans la cabine, elle a passé les rayons en revue. J'ai enfilé, défilé, refilé ce qui n'allait pas. Chaque fois, le vêtement ne tombait pas parfaitement mais je rentrais dedans. La transformation a eu lieu au cinquième essai. Ma mère m'a déniché une tunique en lin ajustée en haut et fendue des deux côtés en bas. Avec cela, elle m'a fait passer un pantalon large en lin aussi. Le tout dans un mélange de couleurs gaies. C'était osé pour Grauku. Ça le faisait vraiment. Je n'allais pas être la reine du bal. Je ne serais pas non plus le dindon de la farce. On ne se ficherait pas de ma gueule. Et du reste non plus.

Toute la semaine qui a suivi, la soirée a été l'unique sujet des conversations. Je trouvais cela un peu limité et, en même temps, pour la première fois, je ne me sentais pas exclue. Vendredi, à la sortie des cours, Raphaëlle m'a tirée par le bras pour me parler à l'écart :

– Manon, je te l'ai pas dit avant pour que tu dormes quand même un peu la semaine qui précède la fête, mais Thomas est invité… et il va venir !

Elle est partie d'un grand rire :

– Et oui ma chérie, à toi de jouer…

Sa moue suggestive ne m'a pas plu, mais je me suis bien gardée de le lui dire. Comment avait-elle su pour Thomas ? Je ne lui avais jamais avoué… Ah, Raphaëlle me connaissait encore mieux que je ne le croyais. En plus Boris et Thomas étaient amis, mais sans plus : je devais sans doute sa présence demain à une pression discrète et efficace de mon amie. Cela partait d'un bon sentiment. En même temps, j'avais si peur. Jamais je n'oserais me lancer comme elle. J'étais beaucoup trop… grosse pour cela. Alors j'ai pensé à ma tenue, au reflet de la glace dans cette cabine, à ma mère. Et j'ai rendu à Raphaëlle son sourire entendu.

Reste que le lendemain, je n'en menais pas large. J'avais perdu 700 grammes dans la semaine et donc franchi très officiellement la barre des cinq kilos perdus. Seulement, ce n'était marqué ni au milieu de mon front ni sur la courbe de mes hanches. En sous-vêtements devant la glace, je devais bien l'admettre : j'étais encore franchement grosse. Plus obèse, non. Mais quel cul... Comment Raphaëlle pouvait-elle imaginer un instant que Thomas me trouverait à son goût ? Non, ce n'était pas possible, ce n'était pas la peine de se faire des films. *Alors Grauku a gardé les pieds sur terre : elle s'est rhabillée, est allée dans la cuisine. Sans courir, sans lutter pour dévier sa route non plus. Elle s'est tartiné un beau morceau de baguette. Sans lésiner sur le beurre. A trempé le tout dans du lait chaud. Et s'en est recoupé un autre bout. Et un autre. Et un autre...* Voilà, une fois de plus, j'affrontais mes angoisses en m'empiffrant. Stop ! Coupez ! J'avais le sentiment amer d'avoir vécu cette scène trop souvent. Seulement cette fois, je connaissais celle qu'il fallait jouer ensuite. Plan d'ensemble de la chambre, zoom sur le carnet, gros plan sur mon visage crispé. J'ai noté :

Beurre (20 décembre)

Pain (20 décembre)

Lait ? Non, quand même pas le lait !

Lait entier et demi-écrémé. Compromis acceptable. Pourquoi avait-il fallu encore une crise pour que je me protège ? *À coup sûr, avec sa dernière connerie, Grauku ne rentrerait même pas dans le pantalon pour la soirée. Elle ne pourrait pas le fermer. Qu'est-ce qu'elle allait faire à cette soirée, de toute façon ? S'empiffrer ?* Je n'y étais invitée que parce que j'étais l'amie de la copine de Boris. Ce n'était pas la peine de me faire des idées.

À cet instant, ma mère a tapé à la porte de ma chambre. Elle est entrée sans attendre de réponse mais, bon, je n'ai pas eu le courage de relever. Détail inhabituel, elle semblait un peu gênée :

– Je me suis dit que tu aurais peut-être envie d'emprunter un peu de mon maquillage pour ce soir... Que je pourrais même peut-être t'aider.

Elle marqua un temps d'arrêt :

– J'ai l'air bête, non ?

Non, Maman. Pas du tout. Tu ne peux pas savoir à quel point cela me touche. Comme tu tombes bien. Laisse-moi juste le temps de cacher mon carnet, le lourd prix que je paie pour vivre comme les autres, et montre-moi comment, toi, tu te maquilles. J'ai bredouillé :

– Oui, c'est une idée... *cool*. J'arrive.

J'ai rejoint ma mère dans la salle de bains. Je l'ai laissée masser ma peau avec son fond de teint, caresser du pinceau mes joues, dessiner du crayon mes yeux. J'ai aimé son sourire satisfait quand elle a examiné le résultat final. Que regardait-elle à ce moment-là ? Son maquillage ou sa fille ? Elle m'a tournée vers la grande glace murale :

– Manon, tu es superbe.

Bon, c'est ma mère : elle était forcément subjective. Et pourtant, je dois reconnaître que le reflet dans le miroir m'a surprise. *Même Grauku dût convenir que son visage était harmonieux et avenant, son regard noisette bien souligné, ses lèvres... charnues et appétissantes ?* Ma mère a senti mon trouble et n'en a heureusement pas remis une couche.

– Tu devrais aller t'habiller si tu veux qu'on passe prendre Raphaëlle à l'heure. À mon avis, elle n'apprécierait pas qu'on soit en retard ce soir !

Chapitre 13

Raphaëlle nous attendait en bas de sa résidence. Nous avions à peine une ou deux minutes de retard mais, elle, visiblement, m'attendait depuis longtemps déjà. Des deux mains, elle enserrait son manteau, comme si elle voulait maintenir le col bien fermé. C'est seulement quand elle est montée en voiture que j'ai noté qu'aucun bout de tissu ne dépassait… sous la veste. Qu'est-ce qu'elle pouvait bien porter ? Apparemment, côté vêtements, Raphaëlle avait pris un raccourci ce soir ! Ma mère s'est garée devant la maison de Boris. Nous avons sagement attendu qu'elle ait fini sa litanie de recommandations, que nous avons ponctuée de « Oui Maman-Oui Madame », et nous sommes enfin descendues.

Quelques copains de Boris avaient déjà pris possession des lieux. Deux vérifiaient que l'ordinateur portable était bien relié aux enceintes, un autre finissait de mélanger un cocktail de jus de fruits dans un grand saladier.

« Boris, nous a-t-on dit, est en haut, il arrive. » Il faisait très bon dans la maison, mais Raphaëlle prétendit qu'elle avait encore froid pour garder son manteau. Mon Dieu, faites que je ne devienne pas débile comme ça le jour où je serai amoureuse ! Enfin, la scène s'est déroulée comme dans ses rêves : elle a aperçu Boris en haut de l'escalier, a lentement commencé à dégager ses épaules… nues ! Boris l'a rejointe, lui a délicatement embrassé l'omoplate et lui a pris sa veste. Il a sifflé, j'ai failli m'étrangler. Raphaëlle, ma Raphaëlle, s'était transformée en Miss Trop pour l'occasion. Elle portait une robe noire, un peu brillante, un rien courte, un tantinet décolletée et… franchement vulgaire.

Ce n'était pas indécent, loin de là. C'était juste déplacé. Ma meilleure amie avait l'air déguisée : sa tenue n'avait rien de naturel sur elle. Les deux tourtereaux ont enfin pu détacher leurs regards l'un de l'autre (leurs bouches et leurs mains aussi, mais plus difficilement !) et Raphaëlle s'est tournée vers moi :

– T'es super bien habillée, Manon !

Puis, se rapprochant, elle murmura :

– Tu féliciteras ta mère, elle a réussi là où je me plante toujours.

Oui, Raphaëlle. Peut-être aurait-elle dû te proposer ses services aussi... Bon, il fallait que je retourne le compliment maintenant. Raphaëlle rayonnait.

– Et toi, lâchai-je enfin, tu es... surprenante !

Raphaëlle n'avait pas, comme je l'avais imaginé, choisi sa tenue à la dernière minute dans son armoire. Pour dénicher une robe pareille, elle avait dû écumer les boutiques. Sans moi. J'aurais pu m'en vexer. Je crois honnêtement que ça aurait été le cas si la stupéfaction ne l'avait pas emporté sur la rancœur : elle était ridicule.

Heureusement, mon amie était ce soir la copine officielle du *Master of Ceremony*. Et à ce titre, Lisa et Justine l'ont happée : il y avait des manteaux à ranger, des verres à trouver et des paquets de cacahuètes qui attendaient des ciseaux. Eh oui, pas facile de jouer à la dînette taille réelle ! Je me suis retrouvée seule mais cela ne me dérangeait pas. Oh, j'ai bien pensé un instant chercher le recoin le plus sombre du salon pour m'y terrer jusqu'à la fin de la soirée... Mais je me suis souvenue de ma déception quand Raphaëlle était allée à l'anniversaire de Justine sans moi. Je n'étais pas venue m'ennuyer. Très méthodique, je m'imposais un premier exercice : traverser toute la pièce pour jeter un coup d'œil sur les morceaux de musique stockés dans l'ordinateur, l'air de rien. Objectif : assumer ma tenue. Soyons franche, j'espérais bien un ou deux commentaires du style : « *Cool*, ça vient d'où ?» J'imaginais ma réplique très nature : « Ah, ça ? » Silence appuyé. « D'une petite boutique que je connais bien ». Mais je suis passée inaperçue. Enfin, pas tout à fait. On m'a dit bonjour, on m'a fait la bise. On a commenté la tenue de Raphaëlle, essayé d'obtenir mon point de vue sur la question. J'en ai conclu que mon ensemble en lin ne dénotait pas tant que ça. Que pour une fois, je me fondais dans le tas. *Oui Grauku fondue dans la masse...*

Au bout d'une demi-heure à peu près (trente et une minutes et vingt-trois secondes, pour être exacte… et sincère !), Thomas est arrivé. À ce moment-là, j'ai franchement regretté de ne pas m'en être tenue à mon idée première : trouver une grosse plante verte pour me cacher derrière. J'avais les joues rouges : pas de doute, s'il me faisait la bise, il me trouverait chaude ! Il m'a saluée de loin et a retrouvé Gabriel, un de ses meilleurs copains, en charge de la musique ce soir. Je sentais mon cerveau qui s'emballait : et si je m'approchais d'eux pour passer négligemment les titres en revue ? Je m'exclamerais :

– Tiens, les Eagles ! *Hotel California*, c'est vrai que ça ne date pas d'hier, mais franchement, ça c'est bon…

Thomas murmurerait quelque chose à l'oreille de son ami. Celui-ci acquiescerait d'un coup de tête. Quand le morceau qui passait en ce moment s'achèverait, résonneraient les premières mesures du *slow* des Eagles. Je me retournerais, étonnée. Thomas me prendrait la main, m'emmènerait au centre de la pièce et… Halte ! Me voilà aussi bête que Raphaëlle. Elle était effectivement au centre de la piste, elle s'accordait une pause de service et dansait avec Boris sur un rythme déchaîné. C'est bien cette fille qui se complexait pour ses genoux anguleux il y a deux mois encore ? Les gars devraient être remboursés par l'Assurance-Santé, ça éviterait bien des séances de psys et des opérations de chirurgie esthétique !

Moi, j'avais changé d'itinéraire : mes fantasmes m'amenaient à la stéréo, je me réveillai au buffet. *L'instinct de Grauku !* Perdue dans mes pensées rose Barbie, je m'étais servi une grosse poignée de chips que j'allais ingurgiter machinalement. Cendrillon allait rompre le charme le soir du bal ! Biscuits salés. Pâtisserie, confiseries : ça, il n'y avait pas grand-chose sur cette table ce soir qui avait le droit de calmer ma faim ! Il n'y avait rien du tout, en fait. Sans même m'en rendre compte, je me serais empiffrée avec ce que l'on fait de plus gras. J'ai rejeté les chips dans le saladier avec mépris. Pour m'apaiser, je me suis servi un grand verre de jus de pomme. Par masochisme peut-être, j'ai ensuite passé en revue les plats sur le buffet. Ça aurait fait une superbe photo dans mon carnet. Page de gauche : la liste, page de droite : l'illustration ! Nerveusement, je lissais les pans de cette tunique où je me sentais de plus en plus mal à l'aise. J'étais perdue : je ne me reconnaissais ni dans ce lieu, ni dans cette tenue, ni même dans la bouffe. La vilaine chenille s'était rêvée papillon ; la métamorphose était plus complexe que prévu.

Débordée, Raphaëlle m'appela au secours. Et par là même, me sauva. Les deux heures qui suivirent, je l'aidai à remplir les verres, à remettre des biscuits et bonbons dans les plats, à vider les cendriers. J'échangeai un mot ou deux avec les invités et je réussis même à demander à Thomas sans bafouiller s'il voulait boire autre chose :

– Refile-moi donc un verre de ce soi-disant jus d'orange, ricana-t-il.

Sur le coup, Grauku se persuada qu'il se moquait d'elle. Je compris en le servant que ce jus d'orange avait été généreusement allongé à l'alcool, d'où sa réflexion. Alors que je lui apportais son verre, il s'approcha et me murmura :

– Super ta tenue, Manon. Ne lui dis pas, mais c'est autrement plus classe que celle de Raphaëlle.

Décollage immédiat, je volais à mille pieds d'altitude ! Certes, ce compliment s'accompagnait d'un commentaire sur ma meilleure amie mais, après tout, je ne lui avais pas fait acheter cette robe sous la torture. Elle ne me l'avait même pas montrée ! À cet instant, j'aurais voulu passer toute la soirée auprès de Thomas, entamer la conversation sur n'importe quel sujet. Mais je ne voulais pas en faire trop. Alors j'ai continué à aider Raphaëlle, en croisant les doigts pour que Thomas se retrouve vite le gosier sec. Enfin tout s'est mis à tourner tout seul et nous avons pu lâcher le service.

Puis est venu le moment tant redouté : le quart d'heure tapisserie. Ça s'est fait sans *Hotel California,* sans Thomas non plus. Tandis que Boris et Raphaëlle s'enlaçaient au centre de la piste, je cherchais à entrer dans les murs. À l'espace qui séparait la fille du garçon, on pouvait presque calculer l'ancienneté de leur histoire : longue, fraîche, à venir. Une véritable étude sociologique en temps réel. Les plus hardis ne tardèrent pas à s'embrasser, les plus chauds à se caresser discrètement. Ce spectacle déprimant me donna subitement faim. Je me rendis compte que je n'avais rien mangé depuis l'après-midi et il était presque minuit. Heureusement, rien ne m'attirait sur le buffet. Je profitai – si on peut dire… – de l'occupation générale pour filer en douce dans la cuisine. J'y dénicherais bien un fruit. Thomas et ses copains s'y trouvaient. À vue de nez, ils avaient placé leur sortie plus sous le signe de la fête que du flirt. Et finalement, à cet instant, je les comprenais assez. Alors ce fut mon tour de demander à boire et à Thomas de s'exécuter.

Je n'ai pas gardé un souvenir net de l'heure qui a suivi. Je me souviens juste de cette douce impression de planer et de cette envie irrésistible de rire. Thomas ne m'intimidait même plus et pourtant je ne tentais rien. Je n'étais plus en état de calculer quoi que ce soit. J'avais repéré une corbeille de fruits sur le buffet et je pus enfin caler ma faim avec des bananes. Puis je me suis absentée un instant pour aller aux toilettes et j'ai rompu le charme. Juste avant de retourner dans la cuisine, j'ai entendu à travers la porte entrouverte :

– C'était elle, le gros cul, non ? Quelle farce, cette photo !

Je ne reconnus pas la voix, pas plus que celles qui répondaient. Il me semblait juste qu'il y avait une fille :

– Ouais, c'était elle, c'était Manon. On dirait qu'elle a depuis... comment dire... fondu un peu, non ?

– Tu crois que son postérieur entrerait maintenant sur les écrans de nos cellulaires ?

– Non, quand même pas, faut pas exagérer !

Cette dernière remarque fut accueillie par l'hilarité générale. Je n'avais pas reconnu la voix de Thomas dans le lot, mais je n'avais plus l'esprit très clair. Et sûrement pas le courage de retourner dans la cuisine pour m'en assurer. *Grauku se sentit tout à coup très lasse.* À cet instant, Raphaëlle m'interpella :

– Manon, ma mère attend dehors, on doit y aller !

Elle demanda à la cantonade :

– Quelqu'un a vu Boris ?

Et là, Justine m'asséna le coup de grâce :

– J'étais avec lui et ses amis dans la cuisine il y a deux minutes, répondit d'une voix mièvre cette garce.

Chapitre 14

D'où me venait cette nausée le lendemain matin ? Du mélange banane-jus d'orange alcoolisé ? De la résurgence de l'affaire Grauku ? Ou de ce goût d'inaccessible qu'avait le buffet hier ? Je pouvais aborder la question sous n'importe quel angle, la réponse ne me réjouissait pas. J'avais vraiment passé un bon moment dans la cuisine avec Thomas et ses copains. Mais cela rimait à quoi s'ils déblatéraient sur moi dès que j'avais le dos – *pardon, le cul !* – tourné ?

Ce dimanche matin, dans la tiédeur rassurante de mon lit, je prenais conscience de l'étendue des dégâts. Je commençais mes vacances de Noël avec une belle gueule de bois. La liste de mon carnet s'était dangereusement allongée ces derniers temps. Certes, j'avais perdu plus de cinq kilos. Mais la vision de ce buffet m'obsédait. Quel pacte maléfique avais-je donc signé ? Je ne pouvais pas m'en prendre à Kilodrame. *Non Grauku, elle n'y est pour rien. Elle t'a juste mise face à tes responsabilités. C'est toi et toi seule qui as abusé. Comme d'habitude.*

Une fois n'est pas coutume, mon grand frère m'arracha du cafard qui me gagnait :

– Alors la sœur, c'était comment cette fête ?

Il était entré dans ma chambre sans frapper. C'était une de ses façons d'affirmer sa toute-puissance et, une fois de plus, je ne me sentais pas d'humeur à la contester. Il ne m'en laissa d'ailleurs pas le temps. S'asseyant au pied de mon lit, il poursuivit :

– Tu sais, t'avais de l'allure maquillée et bien habillée hier soir en partant. Va peut-être falloir que je veille sur toi un peu plus, ou que j'te parle de la vie. Voire des deux !

Avisant mon air blafard, il renchérit :

– Toi, t'as la tête de quelqu'un qui n'a pas bu que du jus d'orange. Oui, va falloir que je t'explique un truc ou deux !

Contre toute attente, son ton était plutôt sympa et je lui accordai :

– OK, mais pas tout de suite…

Quand mes parents m'annoncèrent que nous allions manger au restaurant, l'idée me réjouit plutôt. Sortir me changerait les idées. Raphaëlle ne m'avait pas appelée. Sans doute était-elle encore plongée dans ses rêves fleur bleue. Ou avait-elle préféré commenter la soirée avec Boris… Oui, « la jalousie est un vilain défaut », je sais, mais l'abandon de meilleure amie pour cause de garçon, ce n'est pas encore puni par la loi ? Eh bien ça devrait l'être ! Bon, c'est vrai, côté justice, je ne pouvais pas franchement me vanter. J'étais en colère contre Justine pour ses blagues cruelles et contre Raphaëlle qui me délaissait, je me vengeais sur ma mère. Elle m'avait demandé de remettre la tenue de la veille et je l'avais envoyée promener en grommelant. Eh oui, c'est ça l'adolescence ! On te le répète bien assez dans tes magazines, Maman, non ? Un vague sentiment de culpabilité me poussa néanmoins à paraître plus aimable dans la voiture. Après tout, ma mère avait vraiment été à la hauteur ce soir-là. Ce n'était pas encore demain que nous poserions dans ces publicités qui vendent des vêtements en affichant la mère et la fille en toute complicité. Il y avait du boulot, tant sur le fond que sur la forme (en tout cas les miennes…), mais ça allait un peu mieux entre nous.

C'est devant le restaurant que la situation s'est corsée. Mon père avait besoin, nous avait-il annoncé, de recharger ses batteries. En bon carnassier, il avait opté pour un restaurant de l'enseigne L'Effet bœuf. Oui, il n'y aurait que de la viande rouge à la carte. Accompagnée d'une belle variation sur le thème de la pomme de terre. *Soit, pour Grauku, de la nourriture complètement bannie !* J'ai bien tenté de les entraîner vers un restaurant de poissons, mais il n'y a rien eu à faire. J'ai eu droit à un magnifique trio : « Manon, sois pas si excessive, la viande rouge n'a jamais tué personne. » Certes, mais moi, je l'avais liquidée. Rayée de ma vie. Je n'ai pas insisté, car j'ai eu le sentiment diffus que mes parents cherchaient une occasion de me donner leur point de vue sur mon alimentation.

Cachée derrière le menu, j'avais les larmes aux yeux. J'essayais de me rappeler à quel point je souffrais quand j'avais toujours envie de manger. Je m'obligeais à visualiser cette photo de mes fesses, à entendre le bip annonçant à tous les cellulaires de l'école l'arrivée du cliché. Tous ces petits exercices mentaux étaient vains. Les photos de steaks grillés ou crus et des glaces noyées sous la chantilly de la carte me rappelaient sans pitié mon engagement par le biais de mon carnet. Tout cela n'aurait dû avoir que le goût du papier glacé. Mais ma mémoire en gardait sournoisement le délicieux souvenir. Ah, j'étais loin de ma glorieuse séance d'autopersuasion devant le rayon chocolat de la grande surface !

J'ai commandé, j'ai demandé des haricots verts seuls. J'étais aigrie, prête à mordre. Au figuré malheureusement. Je crevais d'envie d'avaler un bon steak tartare et son assiette de frites, je luttais contre mes parents qui me poussaient à le faire :

– Allons Manon, ce n'est pas un resto qui va tout gâcher…

– Si tu ne sais pas te relâcher un peu avec nous !

– Il faut toujours que tu sois dans l'excès, dans un sens comme dans l'autre.

Et moi qui avais cru échapper au chapitre sur le régime ! Mon père a voulu me prendre un morceau de viande malgré tout, je me suis énervée. Le ton est monté devant un pauvre serveur visiblement gêné. Je n'ai pas cédé. Ma mère a cyniquement salué ma détermination sans faille, mon père m'a menacée d'anémie à moyen terme. Mon frère a souri, pensant sûrement que c'était l'alcool de la veille qui me coupait encore l'appétit.

Puis ma mère a réussi à nous abreuver de paroles en passant en revue tous leurs amis. Mon père a essayé de participer à la conversation. Moi, j'ai répondu sans marmonner.

Refuser le dessert a été une opération moins délicate, d'autant que je n'étais pas la seule à ne pas en prendre. De retour à la maison, je me suis précipitée dans la cuisine pour attraper quelques fruits avant de filer dans ma chambre. J'avais encore faim après une malheureuse portion de haricots verts.

Par réflexe, je jetai un coup d'œil sur mon cellulaire. J'avais trois appels en absence, et deux nouveaux messages. Raphaëlle cherchait bien à me joindre, j'avais été mauvaise langue.

Chapitre 15

La soirée de Boris et la sortie familiale au restaurant avaient eu une conséquence inattendue : mes obsessions de nourriture m'assaillaient à nouveau. Et les vacances n'arrangeaient rien ! Avant le carnet, je vivais dans l'ambivalence du chocolat : d'un côté le plaisir immédiat et intense qu'il me procurait, de l'autre la culpabilité que j'accumulais avec la même constance que les kilos. Aujourd'hui, la « bouffe » était devenue une question de survie. Bien sûr, dans les moments de répit, je me réjouissais de mes cinq kilos perdus, j'extrapolais sur les suivants. Mais j'avais de plus en plus souvent de violentes pulsions. *Manger, manger, manger, Grauku voulait manger. Elle avait faim de plaisir, il fallait endormir la bête qui s'était réveillée en elle. L'animal déchaîné lui déchirait les entrailles.* Par désespoir, j'ai même failli avaler un carré de chocolat. Il s'en est suffi d'une seconde…

Puis, le jeudi soir, ma mère, pressée, est rentrée avec des sushis achetés chez le traiteur japonais du quartier. Sans doute soucieuse de mon régime en cours (et de la paix dans son foyer !), elle avait aussi commandé du poisson cru sans accompagnement. Et là, j'ai rassasié la bête. Je me suis régalée. C'était fin, fondant et déculpabilisant. Ce poisson, son calcium et ses bons omégas-3 fondaient sur ma langue comme autrefois le chocolat. Pour la première fois depuis presque une semaine, j'étais sereine. Ouf.

Le lendemain, je passais la barre des six kilos perdus, malgré l'alcool de la soirée. Six kilos… Mon objectif initial, mon rêve fou, mon projet insensé, était de perdre dix kilos et j'avais parcouru plus de la moitié du chemin. Mes fringales m'avaient de nouveau submergée, mais j'avais trouvé un moyen sain de les dépasser. Alors j'allais éviter les boulangeries et les boucheries, et continuer dans cette direction.

Côté nourriture demeurait un seul point noir, assez inattendu : mes échanges avec Kilodrame. Je ne me sentais pas du tout la force de raconter sur mon blogue ou par courriel ce que j'avais fait du carnet. Impossible de pleurer mon entrecôte disparue sur Internet. Je tenais donc pour les visiteurs de mon blogue une courbe de poids fictive, à la pente bien moins raide. Je ponctuais mes billets de « super, 400 grammes en moins ! » et j'essayais surtout de les espacer au maximum. Kilodrame m'adressait en commentaires des félicitations très policées. À croire que mes résultats la décevaient… ou la laissaient perplexe. Les commentaires d'autres blogueurs se faisaient de plus en plus rares.

Je n'avais pas beaucoup vu Raphaëlle cette première semaine de vacances. J'avais très envie de lui raconter que son prince charmant n'était qu'un de ces crétins qui se moquaient de mes grosses fesses. Mais il fallait trouver le moment opportun pour cela : le sujet était délicat ! L'occasion m'a été donnée par madame Kelly, notre professeur de français. Désormais Grands Élèves du Secondaire, nous nous essayions depuis peu à l'art de la dissertation et elle nous en avait collé une pour les vacances. Pour la plupart des élèves, c'était un véritable cauchemar. Comment remplir huit pages sur le rôle de la virgule dans la poésie du dix-septième siècle ? Moi, j'adorais ça. Le sujet n'était jamais qu'un prétexte à aligner les mots, à les entremêler avec grâce. *Dans ce domaine, Grauku ne manquait pas de finesse. D'élégance presque.* Souvent, Raphaëlle, plutôt matheuse, m'appelait à la rescousse. Cette fois-ci, nous devions nous interroger sur les limites du rire. J'avais déjà terminé ma copie et j'acceptai avec plaisir de rédiger celle de mon amie. Nous n'en étions pas à notre coup d'essai et cela m'amusait d'être notée deux fois, dont une fois frauduleusement.

Honnêteté intellectuelle oblige, Raphaëlle assistait toujours à la composition de son texte, qu'elle recopiait d'ailleurs en direct. C'était en général l'occasion de franches rigolades. Cet après-midi-là pourtant, nous risquions le hors sujet : j'ai vraiment eu du mal à me détendre. Raphaëlle s'en est rendu compte :

– Tu sais Manon, t'es pas obligée de l'écrire, si ça te gêne.

– Non, t'inquiète pas, tu sais que j'adore ça, la rassurai-je.

Je décidai de me lancer :

– Raphaëlle, il faut que je te raconte un truc... À la soirée de Boris, j'ai entendu des gens parler de la photo de mon… de mes fesses prise à la piscine. Il y avait dans le lot Justine, je l'ai reconnue. Quand on est parties, elle t'a dit que Boris était dans la cuisine, tu te souviens ? Je crois que ton *chum* riait avec eux.

Raphaëlle parut très gênée, ce qui conforta mes doutes. Je concevais son embarras, mais sa réponse me laissa pantoise :

– Manon, tu sais, il ne faut pas faire toute une histoire de cette photo. C'était une mauvaise blague, sans plus.

– De quoi tu me parles Raphaëlle ? C'est pas tes fesses qui ont circulé. Tu crois que c'est facile de se traîner un gros cul pareil ? Tu penses que cette photo a arrangé la situation ?

Mon énervement la mit plus mal à l'aise encore, si c'était possible ! Ma pauvre Raphaëlle se tortillait sur le tabouret que nous avions amené de la cuisine pour s'installer à deux à mon bureau. C'était la première fois que son Magic Boris lui créait des problèmes ! Elle prit une grande inspiration :

– Ce que j'essaie de te dire, Manon, c'est que ton cul, comme tu dis, n'est une affaire que pour toi. Je te le répète, c'était qu'une blague. Débile, je te l'accorde, mais c'est tout. Et puis t'as beaucoup maigri depuis, tu m'as toi-même dit que la photo avait été un déclencheur.

Sans me laisser réagir, elle renchérit :

– Attention, je ne défends pas celles qui ont fait cela.

Un court instant, j'eus le sentiment désagréable qu'elle savait de qui elle parlait :

– Raphaëlle, tu me dirais qui a fait cela si tu le savais ?

– Oui, m'assura-t-elle. S'il te plaît, Manon, arrête de te torturer comme ça. Je ne sais pas ce que Boris a raconté ou non dans cette fichue cuisine. En tout cas, il m'a dit au téléphone dimanche matin… (Eh oui, il avait eu droit au *debriefing* avant moi)… qu'il trouvait ta tenue trop *cool* et qu'il avait l'impression que tu avais bien maigri.

Je ne savais plus dans quelles eaux je voguais. Un douloureux pincement au cœur me persuadait que ma meilleure amie… me menait en bateau, pour rester dans la métaphore maritime, madame Kelly ! Les propos de Raphaëlle ne manquaient pas de bon sens, comme d'habitude. Il était peut-être temps que j'arrête de me pourrir l'existence – et celle de mon entourage ? – avec mon surpoids. Sinon, à quoi rimaient le carnet et tous les sacrifices qu'il engendrait ? C'est idiot, mais j'eus à cet instant une forte envie de saumon cru !

Chapitre 16

– Maanooonnn ! Faut que je te rende ton bouquin ! Je l'ai lu pendant les vacances, c'est... waouh ! On se voit après ?

La montée au pas de course de l'escalier de l'école n'avait apparemment pas affecté le souffle de Pauline. J'acquiesçai de la tête avant de filer vers la salle d'anglais.

Pendant le cours, je proposai à Raphaëlle de nous accompagner. « Miss » Darras, notre professeur, ne tolérait pas le moindre bavardage, « à moins qu'il ne se fasse dans la langue de Shakespeare... », s'amusait-elle à préciser en appuyant sur le nom de son *so dear* William.

– « *So Raphaëlle, will you join us after the* école ?

– *It's impossible, I meet my* chum.

– *Too* dommage, *another* fois *maybe ...* »

Comme la prof nous avait séparées dès la rentrée de septembre, nous avions opté pour le langage des signes. Ce jour-là, l'interprétation des gestes de Raphaëlle donna à peu près : « Boris dès la sortie », « devaient se voir », « super important ». Dommage qu'aucune mimique ne me permette de répondre « comme toujours »...

Mais son refus m'importa finalement peu. Pauline m'avait annoncé le retour de mon John Irving, pas celui de Thomas. Les deux semaines de vacances m'avaient privée des quelques secondes privilégiées où je l'apercevais chaque jour à l'école.

Thomas buvait un verre avec deux de ses copains dans le café où Pauline m'emmena. En nous voyant entrer, il nous fit signe de... le rejoindre ! Inutile de vérifier, aucune trappe au sol ne me permettrait de m'enfoncer sous terre. Le plus naturellement possible, je saluai donc tout le monde et, avec un culot qui m'étonna, je m'assis même à côté de Thomas.

Et là... *Là, le miracle que Grauku n'espérait plus se produisit.* Non, Thomas ne me saisit pas par la taille pour m'embrasser goulûment en public. Il ne me gratifia pas d'un : « De plus en plus jolie / mince / normale, Manon ! » Mais il m'adressa un grand sourire, qui semblait simplement murmurer : « Content de te revoir. » Cette délicieuse impression se confirma quand il engagea la conversation (performance bien au-dessus de mes forces à cet instant-là) :

– Salut Manon... Alors, tu prendras bien un jus d'orange !

Il appuya sa remarque d'un clin d'œil et je lui répondis du tac au tac :

– Seulement si c'est toi qui l'as préparé et qui me le sers. Sinon, je préférerais un Coke diète.

Il rit. Franchement. Il rit et je décollai. J'avais osé me lancer, j'avais retrouvé mon assurance. *Thomas était passé des milliers de fois à côté de Grauku sans la voir. Et aujourd'hui qu'elle fondait doucement, elle apparaissait à ses yeux.* Quand Pauline me rendit mon livre, il voulut savoir ce qu'il racontait. Je n'étais pas en train de présenter Baudelaire à l'oral de français, mais je n'en mourais pas moins de trac. Finalement, il dut apprécier mon absence de plan en trois parties.

– Je ne me vois pas me taper une brique comme celle-là, déclara-t-il en regardant le nombre de pages. Mais j'aime bien comment t'en parles !

Pauline fronça exagérément les sourcils, du style : « Qu'est-ce que vous tramez tous les deux ? » Puis elle se leva brusquement :

– Faut que j'y aille ! J'ai rendez-vous chez le dentiste.

Difficile de croire que le sourire triomphant qu'elle nous adressa était entaché de la moindre carie ! Mais peu importait. Je suis restée seule avec les trois garçons. Puis seule avec Thomas quand les deux autres nous ont à leur tour faussé compagnie. J'aurais pu passer la soirée-là, sur la banquette de ce café minable. J'aurais étouffé ces gargouillements de faim qui me rappelaient à des préoccupations plus terre à terre. J'aurais snobé les appels répétés de ma mère sur mon cellulaire. Elle en a l'habitude de toute façon. Mais je ne voulais pas que Thomas comprenne l'état dans lequel je me trouvais. Alors, le plus naturellement possible, j'ai lancé :

– Je dois rentrer…

Et j'ai prié pour qu'il réponde : « Je te raccompagne », « Déjà ? », « C'est sur mon chemin ! » Mes prières n'ont pas dû paraître assez sincères là-haut ! Il a juste répondu :

– Bon, ben à bientôt alors…

Voilà. Retour sur terre Manon. Atterrissage en douceur, coussins amortisseurs « grosses fesses » gonflés à bloc. Pourquoi fallait-il que Grauku me saute au cou à cet instant ? Ne pouvait-elle pas me laisser le savourer pour une fois ? Les instants ne font pas grossir, bordel !

– Manon, j'ai pas ton numéro de cellulaire.

K.O. Grauku ! Au sol, rétamée ! Manon s'est retournée vers Thomas. Je lui ai filé mon numéro de cellulaire et mon plus beau sourire. Sûre de moi, j'ai même conclu :

– Appelle-moi, j'enregistrerai ton numéro aussi.

– Sûr, a-t-il répondu.

Et je suis partie. Je n'ai pas dansé dans la rue. Pas tout de suite ! Je suis rentrée. J'ai trouvé que la nouvelle jupe que ma mère avait achetée en soldes était *cool*. Si, Maman, j'te jure. J'ai retrouvé la télécommande que Gabin cherchait en pestant. J'ai ri aux blagues que mon père avait ramenées ce soir-là de sa pause déjeuner. J'ai avalé mon œuf écrasé dans les légumes. Cette recette, que j'affectionnais dans ces temps durs du carnet, me sembla bien insipide ce soir. Ça n'avait rien à voir avec les privations de mon régime. Ce n'était pas la couverture turquoise d'un petit bloc-notes qui m'obsédait à cet instant mais plutôt le silence de mon téléphone. Allez Manon, ne sois pas idiote, il n'appellera pas ce soir... Non ? Alors pourquoi il sonne, mon téléphone ? Allô ? Allô ?

– Allô ? Ah, salut Raphaëlle... Non, c'est pas grave si t'as pas pu venir, t'inquiète... Je suis restée avec Pauline...T'avais raison, c'est une fille super !

Je n'ai pas discuté longtemps, je ne voulais pas occuper la ligne. En raccrochant je vérifiais en vain ma messagerie. Manon, il ne va pas t'appeler tout de suite... *Il ne va pas t'appeler du tout...* Ta gueule, Grauku. Tais-toi et continue plutôt à maigrir...

Chapitre 17

Il m'a appelée. Pas tout de suite. Et pas comme je m'y attendais ! Il m'a hélée dans la rue, alors que je sortais de l'école, trois jours plus tard :

– Eh, salut Manon, ça va ?

Il était quelques mètres derrière moi et me rejoignit en courant. Oui, en courant...

– Ça va, et toi ?

Ça allait bien surtout depuis trois secondes, mais il n'avait pas besoin que je lui précise. J'étais sans Raphaëlle, qui avait de nouveau un truc super important à voir avec Boris. Il serait peut-être plus simple qu'elle déclare officiellement Boris « truc super important » une bonne fois pour toutes, ses justifications quotidiennes ne nous gâcheraient plus le peu de temps que nous passions ensemble. Tout cela m'importait peu à ce moment-là. Je préférais me retrouver seule avec Thomas.

– Dis-moi Manon, Boris a laissé entendre l'autre jour que tu donnais un...

Il hésita un instant :

– Un petit coup de main à Raffi pour ses devoirs de français. Je me demandais si t'accepterais pas de m'aider aussi.

C'était donc cela. Avant, on ne s'intéressait pas à moi à cause de mon gros cul, aujourd'hui, on me parle pour mes compétences en lettres. Ma déception a dû se percevoir plus que je ne l'aurais souhaité, car il a tout de suite enchaîné :

– Attends Manon ! J'veux pas que tu me fasses mes devoirs, pas du tout. Mais je m'étais dit qu'on pourrait peut-être se voir mercredi après-midi, tranquillement, et que tu m'aiderais à mieux comprendre et apprécier tout ça.

Voilà qui était tout à fait différent ! Difficile de répondre sans rougir :

– Oui, bien sûr. Tu sais, le français, j'adore.

Et comme je ne voulais plus dépérir à côté du téléphone, je lui proposai même qu'on décide tout de suite d'un moment. Un rendez-vous, je lui proposais un rendez-vous. Il s'empressa de l'accepter et m'accompagna même jusqu'à l'arrêt de bus.

J'étais totalement euphorique en poussant la porte de l'appartement. Du coup, je n'ai pas ressenti immédiatement la vague de froid qui avait envahi les lieux. Je notai rapidement quand même que mon père était déjà là. Installé à sa place sur son canapé, il jouait nerveusement de la télécommande. Par la porte entrouverte, j'entendais ma mère s'agiter dans sa chambre. J'ai filé dans la mienne, me suis jetée sur mon lit et j'ai sorti mon cellulaire. Il me tardait de tout raconter à Raphaëlle. Oui, ma grande, Thomas et moi. Rien que Thomas et moi. J'hésitai quand même un court instant. Après tout, Raphaëlle se moquait pas mal de ce qui m'arrivait en ce moment. L'envie de tout raconter écrasa ma jalousie latente.

Pour Raphaëlle, cela ne faisait pas l'ombre d'un doute : Thomas avait véritablement fait le premier pas.

– Et pas n'importe comment, avait-elle insisté. Il aurait pu se contenter d'un texto, il se serait moins mouillé. Là oui, on peut dire qu'il s'est carrément jeté à l'eau !

J'étais d'excellente humeur en passant à table le soir, mais j'étais bien la seule ! Mon frère, égal à lui-même, était incapable d'exprimer le moindre signe de son appartenance à la race humaine : il s'empiffrait sans un mot. Mes parents, eux, étaient visiblement en froid. Mon père dînait rarement avec nous mais franchement, si ça devait plomber l'atmosphère comme ça, c'était tant mieux ! Qu'est-ce qui s'était passé ? Peut-être avaient-ils des problèmes de couple ? Peut-être que mon père avait une maîtresse et que c'était pour ça qu'il rentrait tard ? Peut-être que... Stop ! Je me fichais de leurs histoires. Ce soir en tout cas. Thomas m'avait proposé de le voir seul. Certes, pour faire du français. Mais, comme avait souligné Raphaëlle, ce n'était sans doute qu'un prétexte.

– Manon... Manon ? MANON !

La voix de ma mère finit par me sortir de mes pensées. Juste à temps pour éviter le coup de pied que Gabin s'apprêtait à me balancer pour me ramener parmi eux. Qu'est-ce que je vous disais : un animal, un vrai. Les subtilités du langage lui échappent encore souvent.

– Manon, tu ne m'as jamais vraiment expliqué en quoi consistait ton régime.

Et voilà, ça devait me retomber dessus un jour où l'autre, eh bien c'était maintenant ! Franchement, le moment était mal choisi. Je ne me sentais pas d'humeur à me battre. Pour une fois... Bon qu'est-ce qu'elle voulait savoir exactement...

– Je sais pas moi, comment ça marche. Comment tu répartis les aliments sur la journée. Est-ce que tu changes chaque semaine ? J'ai l'impression que tu manges de moins en moins de choses et sans avoir l'air de résister vraiment.

– Je vois pas où est le problème ! lui rétorquai-je sèchement. Tu voulais que je maigrisse, je voulais maigrir, je maigris. Tu ne planques plus ton chocolat, je ne m'en gave plus. La vie est belle, non ?

– Manon, ça va pas, non ! Tu parles autrement à ta mère !

Tiens, mon père avait retrouvé subitement l'usage de la parole. *Décidément, vous êtes bien chanceux d'avoir une fille qui vous permet de vous retrouver. Unis dans l'adversité ! Ou alors c'est votre résolution de bonne année : on reprend notre rôle de parents au sérieux ?* La scène devait être sympa, car Gabin avait levé les yeux de son assiette et nous regardait maintenant avec un sourire amusé. Moi, je n'avais aucune envie de parler de mon carnet ce soir. S'ils le découvraient, ils le mettraient au feu, se tiendraient devant la cheminée en se serrant l'un contre l'autre : nous avons sauvé notre petite… Bon d'accord, on n'a pas de cheminée ! Mais je suis certaine que ce carnet ne les emballerait pas.

– Manon, je ne comprends pas ta réaction, a insisté ma mère. Pour tout dire, elle m'effraie même un peu.

– Maman, je te le répète : je maigris, je vais bien. Y'a rien à ajouter.

– Eh bien si justement !

C'est mon père qui revenait une fois de plus à l'assaut. Décidément, nous allions avoir notre conversation de l'année dès le mois de janvier !

– Je ne sais pas ce qui t'arrive Manon, ou ce que tu reproches à ta mère. Ce qui me paraît clair par contre, c'est que le monde tourne autour de ta petite personne ! Ta mère n'a jamais eu en tête de remettre en cause ton régime, bien au contraire. Pour t'en rendre compte, encore aurait-il fallu que tu la laisses parler. J'ai des mauvais résultats sanguins à cause de mon surpoids et, si je ne change pas ça rapidement, je cours à l'infarctus. Le cardiologue m'a collé au régime, il veut que je voie une diététiste. Ta mère voulait te demander un coup de main pour me motiver à maigrir – ce qui ne m'emballe pas du tout ! – Mais si effectivement c'est trop te demander…

Je suis une ado. Normalement, je n'ai rien à faire de ce que me disent mes parents, ce ne sont que deux vieux bouffons. Mais là, j'ai eu l'impression de recevoir une balle en plein cœur. Le pire, c'est que je ne savais pas ce qui m'ébranlait le plus. Le risque de crise cardiaque de mon père ou l'aveuglement avec lequel j'avais répondu à ma mère. Pourquoi m'étais-je sentie si agressée ? Qu'est-ce que j'avais à me reprocher pour me mettre en boule dès qu'on me parlait de mon régime un peu sérieusement ? Je devrais plutôt être contente, fière même ! Non ? Il faudrait bien qu'un jour je me pose la question. Oui, mais pas aujourd'hui...

Je piquais machinalement ma fourchette dans mon assiette, disséquant cette pauvre cuisse de poulet qui ne m'avait rien fait.

– Suis désolée... J'voulais pas, réussis-je à marmonner. J'ai eu une dure journée (*beau le mensonge !*), je crois que je suis crevée (*c'était vrai ça, je me sentais de plus en plus fatiguée ces derniers temps*). Papa, je crois pas que mon régime te convienne. C'est... (*Je cherchais mes mots, il fallait être convaincante.*) C'est beaucoup de réflexion, de ressenti. Je crois que tu as juste besoin qu'on t'explique ce que tu peux manger et ce que tu peux pas, non ? Tu devrais plutôt voir une diététiste.

Franchement, je me suis trouvée très peu persuasive. Tout le monde autour de cette table se souvenait de l'échec cuisant de mes consultations chez la diététiste. Apparemment, tout le monde avait aussi envie de finir son repas tranquille. Alors, mon père a acquiescé de la tête et ma mère a conclu :

– Je te prendrai un rendez-vous, chéri, Manon avait vu une femme très bien. À la fois professionnelle et compréhensive. Tu y arriveras.

Voilà, j'avais au moins réussi à les rabibocher. *Grauku experte du couple, quelle métamorphose inattendue !* Oui, mais quelle journée...

Chapitre 18

Mercredi après-midi.

Voilà donc la grande scène sentimentale, accordez les violons.

Eh bien non, remballez les archets. Pas de récit touchant de mon premier rendez-vous avec Thomas. Ni dans l'intimité de sa chambre ni dans un café assez loin de l'école pour ne pas croiser de copains.

Ce mercredi-là, ma mère m'avait justement collé un rendez-vous chez sa diététiste en même temps que mon père. Elle avait obtenu deux rendez-vous… en urgence !

– Juste pour s'assurer que ton alimentation actuelle est bien équilibrée. Tu t'en sors très bien toute seule et je suis très fière. Mais un avis de professionnel ne peut pas faire de mal. Et puis ça motivera ton père.

Allons bon, Grauku allait soutenir Graubide. Quel bel esprit de famille ! J'avais bien tenté de lui dire que j'avais d'autres trucs de prévus, mais elle m'avait sorti le grand jeu : « Qu'est-ce qui peut bien être plus important que la santé, le cœur, la vie (!) de ton père ? »

J'aurais préféré que ma mère soit un peu plus honnête. Je l'avais entendue au téléphone expliquer à ma marraine pourquoi elle voulait que j'accompagne mon père. Ma perte de poids l'inquiétait. Si si ! Sérieusement. Oh, pas parce qu'elle mettait en péril l'industrie du chocolat (peut-être que les ventes avaient vraiment chuté !). Non... parce qu'elle avait vu une émission sur le sujet à la télévision. Claire Lamarche avait consacré une émission complète aux régimes des adolescentes et leurs dérives. Claire avait dit que c'était grave, ma mère l'avait crue. Je ne plaisante même pas, je l'ai entendue en parler à sa sœur : « J'te jure, des adolescentes un peu rondelettes comme Manon qui devenaient de vrais squelettes vivants... T'aurais vu le calvaire que vivent les parents ! »

J'étais donc priée de consulter avant de devenir susceptible de participer aux émissions de sa formidable Claire. Mon bien-être, le fait que pour la première fois de ma vie je commençais à me sentir presque normale, tout cela cachait forcément quelque chose de grave. Le bonheur tout simplement ? Non, pas à mon âge ! Sinon, on n'aurait plus de mérite à être parents d'ados. Je la trouvais ridicule, mais je n'ai pas eu envie de polémiquer. Parce qu'en fait, ce que pensait ma mère, je n'en avais strictement rien à faire.

Pour être tout à fait honnête, ce qui me mettait en colère, c'est que Thomas n'avait pas semblé plus déçu que cela.

– Bon, on remet ça à plus tard, avait-il simplement répondu.

C'était sa réaction qui avait réveillé mes angoisses de grosse. Mon esprit s'était emballé. Thomas avait dit « bon ». Pas « dommage », « et merde », « oh non ! ». Il avait remis ça « à plus tard ». Pas au samedi ou mercredi suivant. Non, « à plus tard ». *À jamais. Il regrettait sans doute d'avoir fait cette proposition à Grauku. Quelle aubaine pour lui cette annulation de dernière minute ! Mais que veux-tu, tout cela est lié. Grauku a plus sa place auprès d'une diététiste qu'auprès de Thomas. Quelques kilos en moins ne font pas la différence. Grauku tu es, Grauku tu resteras. Franchement, tu imagines un gars s'affichant avec la plus grosse paire de fesses de l'école ? Bon, d'accord, il y a peut-être pire. En tout cas, ce sont les tiennes qui ont circulé dans toutes les classes. On en rit encore dans les* partys.

– Bonjour Manon, je suis contente de te revoir. Tu as l'air… en pleine forme.

Ça oui, vous pouvez le dire. Ça va mieux que quand je me gavais de carottes râpées et de poireaux vapeur sous votre regard bienveillant. À combien s'était soldée notre rencontre ? Trois kilos en moins et cinq en plus dans les deux mois qui ont suivi. Si si, je vous assure, vous avez l'air surprise…

– Ça va.

– Tu as bien maigri, félicitations ! Je savais que tu y arriverais !

Dommage que vous ne me l'ayez pas dit plus tôt, vous m'auriez épargné quelques souffrances…

– Tu m'expliques comment tu as fait ?

Non, c'était impossible. Je ne pouvais pas. D'abord, je ne me souvenais plus de tout ce que j'avais noté dans mon carnet, en toute franchise ! Et puis, je n'avais pas envie de lui rendre des comptes.

– Bon, quel chiffre affiche la balance ? Quatre kilos, cinq, six kilos en moins peut-être ?

– Six en effet.

Je m'étais pesée ce matin et je n'avais rien perdu depuis vendredi. Mais je me gardais bien de le lui préciser. Le banc des accusés me semblait bien assez inconfortable comme ça, pas besoin d'alourdir mon cas en parlant de mes pesées de plus en plus fréquentes.

– J'imagine que tu n'apprécieras pas un topo de ma part, poursuivit-elle. Mais j'espère que tu veilles à manger de tout et à ne pas te priver des nutriments de base. Tu te souviens des différents groupes, n'est-ce pas ? Les protides, les gluci…

Elle n'a pas pu finir sa phrase. Je me suis levée, je suis sortie sans un mot. Dans la salle d'attente, mon père feuilletait négligemment un magazine de déco.

– À ton tour papa. Pense à prendre des notes, il y aura un test la fois suivante.

Il m'a regardée d'un air surpris puis est entré. Je ne l'ai pas attendu.

Chapitre 19

Dire que je ne me sentais pas bien en sortant de ce simulacre de consultation relèverait du doux euphémisme. Tu sais ce que c'est, Thomas, un euphémisme ? J'aurais aimé te l'expliquer cet après-midi. Je n'avais pas envie de rentrer tout de suite à la maison, pas envie de croiser le regard interrogateur de ma mère ou, pire encore, l'œil amusé de mon frère. Il y avait un jardin public pas loin du cabinet de la diététiste. Je me suis assise sur un banc à l'écart, loin de tous ceux envahis par les mères, les nounous et leurs marmailles. Pas suffisamment cependant pour m'épargner leurs cris de ralliement : « Manhanger, c'est l'heure de manger ! »

Manger. Du pain, du chocolat, un biscuit au parc en sortant de l'école. J'en avais engrangé de ces délicieux souvenirs ! J'en collectionnais d'autres aussi : les plaques ingurgitées à la va-vite, les paquets de biscuits engloutis en une demi-heure à peine. Ces envies de vomir qui s'ensuivaient, le dégoût que je m'inspirais alors.

J'étais toujours aussi nulle, toujours aussi faible. Certes j'avais maigri, mais je m'étais amputée aussi. Je m'interdisais la saveur d'un steak haché ou d'une purée de pommes de terre. Face à ce rien, j'étais si seule. À qui demander de l'aide ? *Dis-moi, Thomas, ça te dirait de donner son premier baiser à Grauku, histoire qu'elle découvre un goût plaisant en bouche ?* Impossible de me confier à Raphaëlle. Ça prendrait trop de temps, elle n'en a plus. Ma mère ? Elle me forcerait à renoncer au carnet, elle collerait un procès à Kilodrame et convoquerait les journalistes à l'audience ! Ma marraine peut-être ?

Je revis le visage barbouillé de sa fille Amandine. Oui, la vie était belle, et même sans chocolat ou viande rouge. Il fallait bien de toute façon que je m'en convainque. Je ne pouvais pas retourner en arrière. Je ne voulais retrouver ni le chocolat, ni mes pulsions apparemment enfouies, ni mes kilos perdus. Et tant pis si je les payais bien cher. Ça, j'en étais certaine. De même que j'étais amoureuse de Thomas. Il fallait que je perde encore quelques kilos pour lui plaire ? Et alors ? On n'a rien dans la vie sans efforts. Ou alors on mène une existence comme celle de Grauku. Tu as raison, Kilodrame. Je vais être grande et adulte. Je vais continuer à maigrir, à la force du poignet. Je vais juste compléter les effets de ton carnet par des cours de gym, des séances de jogging, des longueurs de piscine. Ah, la piscine…

Je ne voulais pas appeler Raphaëlle. Je réussis sans mal à joindre Pauline. Je perds et je remplace. Non, j'étais injuste, je dus bien le reconnaître en raccrochant. Raphaëlle restait mon amie et Pauline n'était pas un substitut de repas. Et elle acceptait de venir nager avec moi samedi matin.

J'avais un mauvais pressentiment sur la pesée de vendredi matin, l'officielle, l'homologuée. Mais la réalité était encore pire que ce que j'imaginais. Moins 200 grammes seulement dans la semaine… Ça ne marchait plus, j'aurais dû m'en douter. Deux cents grammes seulement, un petit verre d'eau dans mon océan de gras !

Gras, GRAS, GRAS comme ma nouvelle drogue. Quand on est accro au chocolat, on est faible. Mais quand on se défonce au poisson gras, quand on y claque tout son argent de poche ou presque, on est quoi ? Faible et ridicule ? *Et idiote, oui. Grauku paie ses nouveaux excès. Son filet de saumon acheté l'autre jour en rentrant de l'école. Tout à fait. Un filet de saumon, comme cela, cru. Avalé vite fait dans un coin de cuisine, là même où elle s'envoyait le chocolat, puis le pain, le fromage...* Oui, je mangeais du poisson à cinq heures. Je l'aspergeais de la sauce japonaise que ma mère achetait désormais au même rythme que le ketchup de mon frère, et je me goinfrais. C'était à la fois fondant et consistant. Et franchement, du poisson, existe-t-il aliment plus sacré ? Eh bien, une fois de plus, j'avais profané le dieu. Transformé ce sain phosphore et ces précieux omégas-3 en nouvelle drogue. Il faut être « sacrément » folle pour en arriver là.

Puisqu'on en était aux aveux... Il y avait eu aussi ce litre de lait écrémé la veille, tandis que je tentais de faire mon devoir de maths. D'ailleurs, ce n'était pas la seule bouteille de la journée. Il m'arrivait régulièrement d'en boire un litre complet au petit déjeuner. Non, je ne pouvais quand même pas inscrire « lait » sur mon carnet ! Que me resterait-il ? Pour le poisson gras, c'était autre chose. Franchement, j'aurais eu l'air de quoi en croisant Thomas ou Justine, mon sachet de poisson à la main ? C'était un comportement délirant, une vraie boulimie qui s'installait. En même temps, c'était si bon, si fondant, si vivifiant.

Poissons gras (18 janvier)

Heureusement que j'avais décrété que le carnet tenait compte des adjectifs. Sinon, il ne me resterait plus grand-chose à avaler comme protéines !

Voilà, c'était fait. Une fois de plus. Le lendemain matin, je me retrouvais avec mes bouteilles de lait et mes bonnes résolutions sportives. Depuis « l'incident » dans les vestiaires, je ne me sentais plus à l'aise à la piscine, même si j'adorais nager. J'étais vraiment idiote d'avoir demandé à Pauline de m'accompagner. C'est ce que je me répétais dans la cabine en me déshabillant.

Grauku ne savait-elle donc pas affronter le monde toute seule ? Elle croyait que la svelte silhouette de sa nouvelle amie la protégerait des jugements ? Au contraire, elle allait devoir affronter de muettes condamnations des anonymes. Il y a des regards qui en disent long ! Ceux qui vous détaillent lentement, des pieds à la tête. Qui s'arrêtent sur vos fesses, en partent, y reviennent, pour finalement remonter vite sur le visage : qui ose donc se montrer ainsi ? Rougit-elle de honte d'imposer un spectacle aussi dégradant ? Mais en plus, il faudra supporter le regard de Pauline sur sa silhouette, marcher à ses côtés, comme si cela était naturel, alors que ses cuisses frotteront l'une contre l'autre.

Une fois dans l'eau, si elle n'y prenait garde, Pauline se retrouverait derrière Grauku et constaterait par elle-même comme le maillot lui rentrait dans les fesses dès qu'elle nage. En string malgré elle !

Mais une fois le maillot enfilé, j'ai eu le sentiment de mieux respirer. Tout simplement parce qu'il me serrait moins. Attention, je n'étais pas naïve. Mon cul était encore convoitable par les cellulaires du monde entier, je n'avais aucune illusion sur le sujet. Avec de l'entraînement et plus de crises sur le poisson, je pouvais peut-être arranger ça. Je me sentais presque bien quand j'ai retrouvé Pauline dans le couloir. Elle n'a eu aucun regard déplacé, aucune expression ennuyée. Nous avons enchaîné les longueurs. Dans l'eau, je me sens bien. Et pas seulement parce que je n'ai pas à « porter » mon corps. J'aime cette sensation de l'eau qui glisse sur ma peau quand mes jambes battent la surface, quand mes mains creusent le liquide. Pauline aussi semblait vraiment dans son élément : deux vraies sirènes ! *Enfin Grauku surtout : le haut d'une femme, le bas d'une baleine.* Tais-toi Grauku. Tais-toi et nage. Finalement, la séance de piscine a été une vraie bouffée d'oxygène. Je me suis pesée en rentrant. La balance indiquait 200 grammes de moins que la veille.

Chapitre 20

J'ai perdu encore deux kilos. Cela m'a pris un mois. Je crois que l'arrêt du poisson gras a été salvateur. Depuis que je l'avais noté sur mon carnet, je n'avais plus d'aliment qui déclenchait de vraies pulsions. Je tentais de varier les plaisirs en alternant le poisson maigre, la volaille et les œufs. Despotique, j'exigeais de ma mère un légume différent chaque jour. Quant à la cafétéria, je n'y mangeais presque plus rien : uniquement les légumes s'ils ne baignaient pas dans le beurre et le fruit du dessert. C'était difficile de trier ainsi les aliments sans attirer l'attention. J'avais parfois une envie d'avaler qui m'enserrait les entrailles. Je me convainquais que c'était la faim, tout simplement. Alors je buvais un grand verre d'eau, de Coke diète à l'occasion. Je ne luttais pas pour résister. Je n'avais plus ce luxe. Je triais, j'éliminais, je survivais. Lentement, je me suis habituée à cette sensation qui ne me quittait plus. Je commençais même à me sentir plus forte que les autres. *Eh oui, Grauku en avait aussi dans le ventre !* Je contrôlais. Je n'étais plus dévorée par les pulsions, je ne dévorais plus.

Et cela a plu à Thomas.

Il a finalement choisi un mode de communication très contemporain pour revenir vers moi. J'ai reçu un soir un texto : « Tu prends le bus 2main ? » C'était court, direct, peu romantique… osé. Une seconde, je me suis imaginée envoyant le texto à tout le monde avec la photo de mes fesses. Une seconde seulement ! Certes, Thomas avait préféré le SMS à l'échange de regards, mais il avait eu le cran de ne pas tourner autour du pot. Alors je lui ai répondu encore plus brièvement :

Oui. (Envoyer)

(Vous avez un message) 7h55 ?

Oui et toi ? (Envoyer)

(Vous avez un message) J ceré.

Super. (Envoyer)

Bizarre cette idée qu'on va commencer sa journée par le premier rendez-vous de sa vie ! (À quinze ans, il était grand temps…) Il m'a fallu un bon moment pour m'endormir ce soir-là, beaucoup moins pour me lever le lendemain. Je me suis lavé les cheveux, me suis demandé un instant si je n'allais pas piquer un peu de maquillage à ma mère. Il est plus beau que le mien. Puis je me suis raisonnée : surtout, être la plus naturelle possible. Et la plus calme aussi. Facile à dire ! Et s'il avait changé d'avis ? Je vérifiai mon cellulaire, aucun nouveau texto n'annulait notre rendez-vous. Et si Raphaëlle prenait ce bus-là exceptionnellement, et pas celui d'avant ? Et si et si et si… Je sentais la panique monter. J'eus soudainement une grande envie de prendre quelque chose pour me calmer. Quoi ? Du chocolat ? Sûrement pas. Le chocolat ne devait plus m'aider. Même s'il avait été parfois un bon soutien.

Un traître perfide, tu veux dire ! Pèse-toi plutôt. Ça, ça te calmera. Ça rendormira Grauku, lui clouera le bec. Sauf si…

– Manon, qu'est-ce que tu fous sur cette balance, ça tourne à l'obsession ma pauvre !

Je n'avais vraiment pas besoin ce matin des railleries de mon frère.

– Et toi, qu'est-ce que tu fous dans la salle de bains en même temps que moi ? Ça t'emmerderait d'attendre que j'aie fini ?

– Eh bien oui, tu vois. Parce que ça fait déjà vingt minutes que tu aurais dû avoir fini, comme tu dis.

Vingt minutes ! Bon Dieu, j'allais manquer mon bus ! Je n'ai pas pris le temps de déjeuner, j'ai bu une grande lampée de lait directement à la bouteille – *oui, Maman, c'est ça; râle toujours, tu m'intéresses* –, j'ai cherché une clémentine – *et bordel, il n'y plus un fruit dans cette maison ?* – et, de dépit, j'ai attrapé une carotte crue.

Je suis finalement arrivée en avance à l'arrêt de bus, ce qui m'a permis de manger ma carotte tranquillement. Et il fallait être tranquille pour avaler un légume cru même pas épluché ou rincé en guise de petit déjeuner. L'arrêt est situé à quelques mètres d'une boulangerie et les effluves des baguettes encore chaudes, des croissants et des petits pains au chocolat me torturaient les narines. J'avais du mal à déglutir et, je dus l'admettre, envie de pleurer. Où était passée la nouvelle Manon super résistante ? Puis le bus est arrivé. J'ai repéré Thomas. Je suis montée dans le bus, plantant Grauku et ses envies de se goinfrer sur le trottoir.

Thomas n'avait pas pu me garder de place libre à côté de la sienne, alors il s'est levé quand il m'a aperçue. Cette petite galanterie m'a touchée mais je veillais à ne pas le montrer. *Cool.* Zen. Naturelle...

– Salut.

– Salut, ça va ?

– Ouais, super et toi ?

– Super.

L'échange ne restera pas dans les annales, mais nous avons réussi à maintenir un flot régulier pendant tout le trajet. Je me suis servie de mon arme habituelle et je lui ai parlé de tous les bouquins que j'avais aimés ces derniers temps. C'était ridicule, j'allais le gaver, c'était inévitable. En même temps, en face de Thomas, je n'étais pas capable de penser. Je n'avais qu'une phrase en tête : « *Thomas, tu me rends complètement dingue !* » Je ne pouvais pas le lui dire, alors j'ai continué à jouer la critique littéraire. Quand nous sommes arrivés à l'arrêt de bus de l'école, j'ai cru qu'il se sauverait en courant dès que la porte s'ouvrirait. Au contraire, il m'a proposé qu'on se retrouve le lendemain matin.

Et le suivant.

Et le suivant.

Et le suivant…

Prendre le bus avec Thomas est presque devenu « naturel ». Soyons honnête : chaque jour, en attendant mon bus, j'avais le trac de ne pas le voir et mes pulsations cardiaques accéléraient dès que je l'apercevais. Mais nous sommes vraiment devenus copains. Nous ne parlions plus seulement livres. Il me racontait ses entraînements de soccer, nous partagions nos avis sur les films, nous parlions dans le dos des profs qui nous punissaient. Il me racontait sa famille, ses parents séparés et, je ne sais pas pourquoi, j'avais la certitude que j'étais la seule à recueillir ses confidences. Chaque jour, nous croisions des regards connus et j'avais peur que l'un de ses copains ou l'une de ses copines (horreur !) s'incruste. Ça ne s'est jamais produit. On jasait sûrement dans notre dos. Peu m'importait. Jamais je n'ai osé raconter à Raphaëlle ces instants de paradis. J'avais si peur qu'elle reprenne ce bus et que sa présence rompe le charme. Je n'étais pas très fière de moi, alors je déculpabilisais en l'imaginant avec Boris.

Puis un matin…

Un matin enfin !

Un matin… déjà ? (Je n'étais pas prête, je crevais de trac, j'allais tout gâcher !)

Un matin, doucement, les doigts de Thomas ont accroché le bout de mes doigts. Sa main s'est refermée sur la mienne.

À mon tour... j'ai planté mes yeux dans les siens et lui ai adressé un grand sourire. Du genre, « pour la vie », « nos brosses à dents dans le même verre », « trois enfants »... Et puis j'ai oublié le mariage, les enfants et le dentifrice. Je n'ai plus senti que ses lèvres qui effleuraient les miennes. Puis sa langue qui forçait un barrage sans résistance. Et le délicieux goût de son baiser. Sa saveur !

Chapitre 21

Un autobus n'est pas l'endroit le plus discret pour commencer une histoire. Je ne me souviens pas d'avoir croisé des regards connus en y montant ce matin-là, mais je l'accorde, j'avais la tête ailleurs. Toujours est-il que la nouvelle s'est répandue dans l'école à la vitesse de l'éclair.

Bizarrement, je n'ai pas réussi à le dire à Raphaëlle tout de suite, alors que nous nous étions retrouvées dès la première heure de cours. Je n'allais quand même pas lui murmurer : « Tiens, au fait, je sors avec Thomas. » J'aurais peut-être pu lui envoyer un texto, je sais qu'elle n'éteint plus jamais son cellulaire en cours depuis qu'elle est avec Boris. J'aurais eu l'air fin de taper un SMS pour ma voisine de classe…

Non, soyons honnête. Je n'ai pas eu envie de le lui dire. Même durant les pauses, alors que j'en avais le temps. D'abord, j'avais la trouille au ventre que Thomas regrette. *Qu'une fois devant ses copains, il n'assume plus d'avoir embrassé Grauku.* Enfin, pour être tout à fait franche, ça me plaisait aussi de tenir Raphaëlle hors du coup. C'était une piètre vengeance après son abandon. Je n'étais plus, loin s'en faut, une des priorités de sa vie.

Le reste a été un concours de mauvaises circonstances. Pauline l'a appris par quelqu'un qui nous avait vus dans le bus. Raphaëlle et moi avons croisé sa classe lors de la pause et Pauline m'a discrètement tapé dans le dos :

– Je suis contente pour toi.

– Contente pour quoi ? m'a tout de suite demandé Raphaëlle.

Là encore, j'aurais pu lui dire. Elle aurait été un peu piquée que Pauline le sache avant elle, je lui aurais dit que l'info ne venait pas de moi, puis nous serions passées tout de suite au chapitre suivant : Raphaëlle m'aurait réclamé le récit détaillé et exclusif de l'histoire, et je le lui aurais donné de bon cœur. Seulement voilà, je n'ai rien raconté. Raphaëlle a du se contenter d'un « j'te dirai plus tard » marmonné entre les dents.

Pendant le cours suivant, elle a reçu un texto de Boris :

« Manon ☺ ? Thomas ☺ !!! »

Elle m'a collé son cellulaire sous le nez, ce qui lui a d'ailleurs valu une remarque sèche du prof de maths. Ma première réaction a été de me réjouir. Comme ça, « Thomas ☺ » ? Puis j'ai croisé le regard noir et triste de Raphaëlle. Et j'ai quitté mon petit nuage rose.

Ma meilleure amie est une fille saine. Pas du genre à cacher derrière un visage de marbre et des tonnes de chocolat son mal-être. Alors à la pause, elle est tout de suite passée à l'offensive :

– À part Pauline, tu comptais prévenir d'autres amies avant moi ? J'espère au moins que Thomas n'a pas gaffé en parlant à Boris, que tu lui avais pas laissé de consignes de silence. Parce qu'apparemment, ton *chum* est moins compliqué que toi.

Mon « *chum* » est justement apparu à cet instant au bout du couloir. Il m'a vue, a souri et a accéléré le pas. C'est beau, non ? On se croirait dans une de ces sitcoms ridicules, n'est-ce pas ? Tant pis, j'assume. Il a déposé un baiser furtif sur mes lèvres, a glissé son bras sur mon épaule. Et moi, qui avais déjà pourtant perdu huit kilos, je me suis sentie fondre pour la première fois de ma vie. Littéralement.

Raphaëlle l'a salué et s'est éclipsée.

Thomas et moi, nous nous sommes retrouvés le soir à la sortie de l'école. Nous avons repris le bus dans l'autre sens. Ou plutôt nous nous sommes décidés à grimper dans le troisième autobus qui s'arrêtait devant nous. Nous avons peu parlé. Je n'arrivais d'ailleurs pas à articuler intelligemment ma pensée : je ne sentais que sa main dans mes cheveux, sa langue dans ma bouche, la mienne dans la sienne. Et le goût de ses baisers, waouh, le goût de ses baisers ! Je suis descendue seule à mon arrêt, mon regard s'est posé sur la boulangerie où j'avais planté Grauku le jour où Thomas et moi avions pris le bus ensemble pour la première fois. Non, je n'avais vraiment pas faim. Pas envie de grignoter. J'étais guérie ? J'allais enfin bien ?

Non. Dans l'histoire, Cendrillon devient définitivement princesse quand elle enfile le chausson de vair et que le prince la reconnaît. Fini pour elle les haillons et les angoisses. Eh bien dans la vie, ça ne se passe pas comme ça, il faudra que je pense à l'expliquer à ma petite cousine Amandine.

J'étais seule à la maison en rentrant. Tant mieux ! Je me suis installée sur mon lit, j'ai attrapé mon vieux lion en peluche tout usé. Je voulais consacrer l'heure à venir à fixer le plafond en rêvant à Thomas et à cette journée fabuleuse. Eh bien, je n'ai vu que Raphaëlle. Son air déçu, son regard noir. J'entendais le ton cassant de sa voix, je suivais des yeux sa silhouette qui s'éloignait dans le couloir. Pourquoi avais-je été aussi stupide ? Aussi cruelle ? Elle m'avait appelée dès qu'elle était sortie avec Boris. Et même si elle n'était plus très disponible depuis, c'est quand même elle qui avait veillé à ce que Thomas et moi, nous nous retrouvions à cette fête avant Noël. Non, je n'ai pas passé cette première soirée de « blonde de » à dessiner des cœurs sur mon agenda en entourant son prénom. J'ai essayé en vain d'appeler Raphaëlle. J'avais chaque fois sa boîte vocale. Le pire, c'est que je cherchais plus à soulager ma conscience qu'à effacer sa déception. J'ai fini par lui envoyer un texto : « Raphaëlle ? Manon... »

Elle n'a pas répondu. Et je me suis maudite. Je n'avais pas été délicate avec ma meilleure amie mais, surtout, je mettais un point d'honneur à me gâcher la vie. Chassez le naturel, il revient au galop. J'ai poussé le vice jusqu'à l'examen détaillé de mes fesses dans le miroir de la salle de bains. Cela faisait bien longtemps que je ne m'étais pas livrée à cet exercice hautement masochiste. *Grauku revenait en force. Thomas l'avait embrassée, certes. Mais il suffirait qu'il vienne à la piscine samedi pour regretter son emballement. Non, même pas besoin de la piscine. Dès qu'il poserait les mains sur ses jambes, dès qu'il marcherait derrière elle.* Je suis allée dans la cuisine, j'ai ouvert le réfrigérateur. J'ai attrapé la bouteille de lait et je m'en suis versé un grand verre. J'ai croqué dans une carotte, j'ai fini les haricots verts abandonnés dans une assiette. Comme je ne me sentais pas encore pleine, j'ai rebu du lait, directement au goulot cette fois. La bouteille presque pleine y est passée. Je l'ai jetée dans la poubelle de tri sélectif. J'avais mal au ventre simplement en appuyant sur la pédale, j'étais en colère contre moi mais, au moins, je me reconnaissais.

Ni Thomas, ni Raphaëlle (et pour cause !), ni même Pauline.

C'est Kilodrame qui a reçu mon mal-être du moment. Par écrit, c'était sans doute plus simple de décrire ce navire dans la houle, mes hauts de cœur, mes espoirs et mon mal-être. « Île paradisiaque en vue ! Attention grosse vague… » J'ai raconté que j'avais allongé la liste du carnet. La réponse quasi instantanée de Kilodrame m'a laissée perplexe :

Vous avez un nouveau message

Tu m'as déjà décrit avec un grand réalisme les pulsions qui te poussaient vers le chocolat, cette lutte qui t'épuisait. Tu ne souffres plus aujourd'hui. À chaque attaque, tu ripostes.

Mais attention, pas de retour en arrière, sinon ça sera le cataclysme. Forcément, cela a un prix. Nous parlons de ta vie, Grauku. C'est ton existence que tu dois aseptiser pour te mettre à l'abri.

Kilodrame

Je lui ai répondu immédiatement :

Nouveau message

Si c'est si risqué, pourquoi m'avoir parlé de ce carnet ? Tout cela, c'est de ta faute. Tu m'as bernée, me laissant croire que j'y arriverais aussi. Mais tu savais bien que ce n'était pas possible. Pire encore, que tout cela me déglinguerait un peu plus. Tu m'as mis une bombe entre les doigts. Je ne pouvais pas contrôler et tu l'avais senti. J'étais trop mal... j'étais trop faible.

Envoyer

La réponse a été immédiate.

Vous avez un nouveau message

Voyons, te voilà trop faible ! Où est passée l'adolescente déterminée et mature de nos premiers échanges ? La « presque adulte » qui voulait prendre sa vie en main ? Non, je ne t'ai pas trahie ou bernée. Tu voulais te libérer du chocolat, c'est fait. Tu voulais maigrir, c'est bien parti. Pour le reste... à toi de faire face, de tenir ton cap. Tu pleures moins sur ta misérable existence, aussi bien avec moi que sur ton blogue. C'est que ta vie doit aller mieux, non ? Ne me raconte pas, cela ne m'intéresse pas. C'est notre poids qui nous unit, nos kilos et nos fesses. De ce côté-là, tu as des reproches ? Quant au carnet, si tu étais vraiment la victime, tu te serais empressée de t'en débarrasser avant qu'il ne soit soi-disant trop tard...

C'était trop tard ?

Nouveau message

Tu crois que je suis allée trop loin ? Et, STP, laissons tomber ces courriels, file-moi ton pseudo sur MSN. Kilodrame, je suis complètement perdue, pourquoi je ne me sens pas complètement heureuse, bordel ? J'ai maigri, j'ai un *chum*... je ne comprends plus rien. J'avais tout prévu sauf ça.

Grauku

Envoyer

J'avais perdu toute ma colère et mon assurance. Je me sentais soudainement bien petite, seule devant mon écran.

Vous avez un nouveau message

Je ne te répondrai pas. Pas encore. Je reste simplement sur ce que je t'ai dit dès le début : n'efface pas ce qui est écrit. Maintenant, à toi de réfléchir. N'hésite pas à demander de l'aide. Je suis là. Même si je ne veux pas de MSN, désolée. Je n'aime pas l'idée que tu m'imagines derrière mon écran à attendre – ou non – tes crises. Avec les courriels, on est tout le temps là l'une pour l'autre. Ou non. C'est notre choix. Tout est question de choix, non ?

Kilodrame

« *Je suis là...* » C'était sincère, à n'en pas douter. En même temps, pourquoi se protégeait-elle ainsi de moi ? J'aurais été incapable de définir les liens qui nous unissaient, Kilodrame et moi. Mais je ne doutais pas de leur force. Et je voulais croire à son attachement. Quelle que soit sa forme d'expression. Nos boîtes de réception étaient devenues des chambres secrètes.

Une porte donnait sur mon monde, l'autre sur le sien. Même si elle ne m'invitait jamais à entrer dans son univers, je sentais qu'elle m'y avait réservé une place particulière.

À cet instant précis, mon cellulaire s'est manifesté. Une sonnerie courte, celle qui annonce un nouveau message. Thomas ! On se serait cru dans un film sentimental quétaine.

« Bonui. Bo rev »

Signé T. Tant pis pour le côté série B, j'ai été très touchée.

Il fallait que j'apprenne à ne plus snober les textos.

Il fallait que j'apprenne à ne plus me pourrir le quotidien.

À ne plus gâcher mes meilleurs moments.

À m'exprimer.

Je suis retournée à mon clavier d'ordinateur. J'ai envoyé un long courriel à Raphaëlle. Je commençais à prendre goût à ce mode d'expression ! « Récit détaillé et exclusif de l'histoire. » Elle m'a répondu immédiatement. À croire qu'elle aussi ne trouvait pas le sommeil. Finalement, la vie était belle.

Chapitre 22

Si cette histoire était un conte de fées, elle devrait s'arrêter là : « Ils se marièrent, vécurent heureux et eurent beaucoup d'enfants. » Sans même que Manon ne reprenne un seul kilo. Grauku serait le crapaud du récit : « Son prince l'a embrassée, elle s'est transformée en magnifique princesse vêtue d'une robe qui brille. » Tiens, Raphaëlle pourrait même être marraine...

J'aime pas les robes, je préfère les jeans. Même si je ne rentre pas encore dedans.

Cette histoire n'est pas un conte de fées, je suis trop grande pour ça. Désolée, Maman !

Certes, j'ai rêvé éveillée. Pendant quelques semaines, j'ai plané. Plus je découvrais Thomas, plus je l'aimais. Ses regards, ses mots doux, ses silences même me montraient que lui aussi s'attachait doucement, sûrement. La première semaine de vacances en février a été un vrai calvaire. Comme tous les ans, nous sommes allés faire du ski. J'aurais dû me réjouir de ma nouvelle combinaison de ski – deux tailles en moins ! –, de mes genoux qui ne criaient plus de douleur dans les champs de bosses, des chaussettes qui ne me sciaient plus les mollets. J'ai passé la semaine à pester, car le mauvais temps me privait d'un beau bronzage. La deuxième semaine a été fantastique. Thomas et moi nous sommes vus tous les jours. Seuls ou en bande, mais je savourais même les moments en groupe. Je me délectais de cette position officielle, de mon corps serré contre le sien sur la banquette en skaï rouge du café.

Un bonheur ne vient jamais seul : j'ai perdu l'appétit. Comme ça, complètement. *The miracle of love !* Il m'est arrivé de sauter le déjeuner, trop occupée à mêler mon regard, mes doigts, ma bouche… à ceux de Thomas. Plus quétaine que ça tu meurs ? Sans doute. Mais comme c'était bon !

Les cours ont repris. Comme j'étais en ces jours heureux une super Manon parfaite, je prenais quand même le temps chaque jour de me retrouver seule avec Raphaëlle. Eh oui ! Ce n'est pas moi qui laisserais tomber les amies pour une histoire d'amour. Soyons honnête : même l'absence de Thomas m'était douce. Le manque me tiraillait doucement les entrailles, de plus en plus fort à mesure qu'approchaient les retrouvailles. Ce vide au creux du ventre était particulièrement jouissif. J'étais bien loin des trop-pleins de Grauku.

Bien sûr, je continuais à me peser. Immuable rituel du vendredi. Les deux premières semaines, j'ai perdu encore un kilo. Moins 9,4 kilos.

J'ai cru un instant que j'étais guérie. C'était un samedi après-midi. Thomas et moi nous étions retrouvés chez un de ses copains. Nous étions quelques garçons et filles, dont Raphaëlle et Pauline. Comble du bonheur, Justine et Lisa n'étaient pas dans les parages. Nous avons discuté, rigolé. ILS ont grignoté, j'ai résisté. Puis quelqu'un a mis de la musique et les garçons se sont mis à imiter les déhanchements suggestifs des danseuses dans les clips de R'n'B. Nous les filles, nous rigolions sur le canapé. Alors ces « mâles » vexés, tout au moins en apparence, nous ont proposé de leur montrer nos talents. Nous avons dansé. Comme ça, un après-midi, pour nous défouler. Nous n'étions pas dans LA soirée où il fallait se montrer, nous ne cherchions pas à épater la galerie. Nous nous éclations, très naturellement.

Alors naturellement, j'ai commencé à onduler du bassin. Mes fesses ont donné le tempo, mon corps a suivi le rythme. J'avais l'impression étrange d'être à la fois l'actrice principale et la spectatrice privilégiée de la scène. La seule qui comprenait l'enjeu du moment. C'était bien mon gros cul que je mettais en avant. Enfin, mon ex-gros cul, aujourd'hui dans les normes. Presque dans les normes. Encore un, deux, trois kilos ?

Je n'ai pas eu le temps de calculer. Thomas s'est approché et m'a enlacée. Je riais haut et fort mais je mourais de trac. Lentement, ses mains sont descendues. Le long de mon dos, le long de mes hanches. Le long de mon...

Voilà. Nous y étions. Thomas discrètement me caressait les fesses. Il me souriait d'un air entendu. Celui qui signifie : « *Tu me plais, ça me plaît de te caresser.* » À cet instant, mon gros cul a fondu. Pouf, une flaque invisible, là, à nos pieds. Grauku s'est éclipsée. Je ne me suis pas retournée pour la regarder sortir, pour la saluer. Nous ne nous apprécions pas.

J'étais rouge écarlate. Je ne savais pas vraiment ce que je ressentais, mélange de plaisir et de gêne, face à ces émotions inconnues qui me submergeaient. Je savais juste que c'était vraiment bon.

Le soir, j'ai raconté tout cela à Kilodrame. Bizarrement, je n'ai pas osé raconter à quel point j'étais contente. J'avais le sentiment diffus, même si je ne l'avais jamais vue, que Kilodrame ne s'était pas satisfaite d'un régime « presque » mené à terme. Cette fille devait être vraiment mince aujourd'hui. Comme nous avions été vraiment grosses toutes les deux.

Elle m'a félicitée. M'a demandé si j'étais encore dans la phase « anorexie de l'amour ». L'expression m'a amusée. C'était tout à fait cela.

Vous avez un nouveau message

La faim va revenir. Ne t'inquiète pas, c'est normal. Biologique même ! Pour l'instant, la sérotonine met le bordel dans ton cerveau, mais tout va se remettre en place. Ce qui compte, c'est de ne pas lâcher à ce moment-là. Ce que tu as vécu cet après-midi doit t'aider à y parvenir. Si Grauku riposte, fous-la dehors, avec les grands moyens s'il le faut.

Kilodrame

« Grauku » : pourquoi je ne me décidais pas à me débarrasser de mon pseudo ? J'avais peur que cela me porte malheur ? Ou alors c'était un moyen de me rappeler que je n'avais pas encore atteint mon objectif ? Que je devais rester sur mes gardes ?

Chapitre 23

Raphaëlle a vu le loup.

J'aime bien cette expression désuète. Sa touche « Petit Chaperon rouge », son côté « attention ça mord ». En plus, c'est arrivé le 20 mars, jour du printemps !

Bien entendu, elle ne me l'a pas annoncé dans ces termes. Depuis quelque temps, je la sentais tracassée. Quand je l'interrogeais, elle m'assurait que tout roulait. Et comme il y avait peu de place dans ma vie d'amoureuse pour les soucis des autres, cela m'arrangeait. Au moins, j'avais essayé. Si elle ne voulait pas m'en dire plus, je n'y pouvais rien.

Un lundi enfin, son air inquiet a totalement disparu. Bien au contraire, elle paraissait particulièrement à l'aise. Elle parlait fort, elle riait fort, elle interpellait tout le monde. Quand je l'ai retrouvée, elle discutait avec quelques copines des sautes d'humeur de plus en plus fréquentes des filles d'une classe de 5e secondaire que, planning des salles oblige, nous croisions trop souvent à notre goût. Ces élèves avaient pris la mauvaise habitude de nous provoquer. Apparemment, elles avaient franchi une étape supplémentaire le matin même en bousculant assez violemment Morgane dans l'escalier. Cette fille de notre classe en avait manqué une marche et s'était tordu le pied. Elle n'était pas blessée, mais les filles voulaient qu'on rebondisse sur l'incident pour se plaindre au directeur. C'est vrai que ces idiotes n'en étaient pas à leur coup d'essai et que leurs enfantillages devenaient particulièrement pénibles.

– On n'est plus des enfants, a rétorqué très solennellement Raphaëlle. Conduisons-nous en adultes, pas besoin de directeur ou de surveillants pour ça. Il suffit qu'on ait une discussion bien franche avec elles.

La position de Raphaëlle n'a pas fait l'unanimité, loin s'en faut. Moi, c'est surtout son attitude qui m'a étonnée. Pas de doute, ma meilleure amie, elle, se « conduisait en adulte » ! Elle se tenait droite, avait parlé lentement, en articulant et en prenant soin d'afficher un calme olympien.

Nous sommes parties toutes les deux et, quand je lui ai demandé comment s'était passé son week-end, elle a eu les plus grandes difficultés à conserver un air si détaché.

– Manon, ça y est.

– Ça y est quoi ?

Ma question l'a visiblement agacée. « Ça y est », ça ne peut être que le « ça » du grand frisson, de la première fois, de la virginité envolée, de l'entrée officielle de Raphaëlle dans le monde des femmes.

Quoique, pour ce qui est de l'officialisation, Raphaëlle m'a confié s'être bien gardée de crier la chose sur la place publique. Elle n'avait aucune envie que ses parents l'apprennent.

Mon amie semblait planer sur un petit nuage. Elle essayait de parler de « l'acte » avec le plus de détachement possible, mais elle était visiblement encore sous le choc. Je l'ai aidée à se détendre :

– Raphaëlle, je suis trop contente pour toi. Tu imagines le chemin parcouru depuis la rentrée ? Waouh, c'est incroyable... Maintenant ma chérie, je vais avoir besoin de ton aide. « Ça » (j'appuyais volontairement sur le mot) va me tomber dessus aussi un de ces jours. J'aimerais, comment dire, ne pas être prise au dépourvu.

J'avais cette fois insisté sur le mot « prise » et mon allusion lourdingue a fait rire Raphaëlle. Elle s'est lancée dans la confidence :

– Tu sais, ça faisait un bout de temps que Boris me mettait la pression…

Non, je ne savais pas… Je comprenais mieux maintenant son air inquiet de ces dernières semaines. Raphaëlle a dû noter que je tiquais un peu :

– … Enfin, j'exagère. Il avait envie, mais il ne voulait surtout pas me forcer. Euh… pour lui, je suis pas la première, tu vois. Mais il me respecte vraiment. Moi, j'en avais envie et j'avais la trouille en même temps. Tout est allé tellement vite entre nous ! Et puis y avait la contraception, j'osais pas lui en parler. Je voulais qu'il utilise un préservatif, je suis pas complètement stupide. Je savais pas comment lui dire. Samedi, on était chez lui, et j'ai fouillé en rigolant dans sa table de nuit. Et là, bingo, y'avait des capotes. Heureusement, la boîte était neuve, je sais pas comment je l'aurais pris sinon ! Il m'a dit sur un ton à la fois… gentil et ironique – si si, je t'assure, te moque pas ! – qu'elles nous attendaient… Et là, je ne sais pas ce qui m'a pris, j'ai pris les devants. Bon, je t'épargne les détails…

– Oh non, s'il te plaît, les détails !

– Arrête tes conneries ! Bref, il a compris que j'étais d'accord… et nous l'avons fait.

Raphaëlle a gardé ce « l » et son apostrophe en bouche le plus longtemps possible, soulignant l'importance que cachait ce petit pronom personnel de rien du tout. C'est vrai, je la regardais parler autant que je l'écoutais. C'était un grand moment de notre amitié, « la première qui… ». En même temps, j'étais attentive à son récit. Mon tour viendrait forcément… Du moins je voulais y croire.

– Ça fait mal ?

– Non, tu parles ! Enfin si… Un peu. 'Chais pas. Pas longtemps en fait. Tu sais c'est idiot, mais après j'ai pleuré.

– Ah ouais, pourquoi ?

– Je crois que j'étais émue. J'ai vraiment eu le sentiment d'une page qui se tournait, que le retour en arrière n'était pas possible.

– Et tu regrettes ?

– Ah non, pas une seconde !

Je ne sais pas pourquoi, je n'ai pas eu envie de poursuivre dans cette voie.

– Ses parents étaient là ?

– Non, ils étaient au cinéma. Mais officiellement, nous n'étions pas seuls ! Justine, Lucas et deux autres de leurs amis étaient là. Ils regardaient un DVD dans le salon.

Maudi… jalousie quand tu nous tiens ! Ça m'énervait que Justine ait été dans les parages. En même temps, je me doute bien qu'elle n'avait pas eu le droit à un récit aussi détaillé que moi. Raphaëlle a dû deviner à quoi je pensais, car elle a ajouté :

– Justine m'a lancé un de ces regards quand nous sommes revenus ! Je lui ai répondu par un grand sourire. Je crois qu'elle a compris mais ce n'est pas moi qui confirmerai. Tu sais… c'est une copine maintenant quand même, faut être honnête. Mais ces trucs-là ne se racontent pas à tout le monde.

Pauvre Raphaëlle, qui se sentait obligée de me rappeler que je n'étais pas n'importe qui. Pauvre Manon, qui avait besoin d'entendre qu'elle n'était pas n'importe qui…

Chapitre 24

Je n'avais pas envie de faire l'amour. Je n'étais pas prête. Ça ne faisait pas longtemps que Thomas et moi étions ensemble. Ses simples baisers me mettaient encore complètement en émoi, je ne gérais pas toujours bien ses caresses, alors plus, non ! Et puis, soyons franche, caresser mes fesses, c'est une chose. Les voir, c'est une autre affaire. Heureusement, Thomas ne me mettait aucune pression à ce sujet. Je n'arrivais pas à lui demander « s'il l'avait déjà fait ». J'avais peur d'amener le sujet sur le tapis. Mais mon instinct me soufflait que non. Thomas devait être vierge. Ça m'arrangeait !

Reste que je me préparais à ce moment où il faudrait bien me montrer nue. Kilodrame avait vu juste, l'appétit était revenu. Bien sûr, je n'avais craqué sur rien. En tout cas sur aucun aliment noté sur le carnet. J'avais une alimentation digne du dossier « Minceur et équilibre » des plus célèbres magazines : *Maigrissez avec Manon !* Mieux encore, témoignage exclusif et bouleversant : « Grauku : comment j'ai vaincu la malbouffe… » Je mangeais du poisson, de la volaille et des légumes, je finissais le repas par un fruit. J'en prenais aussi au petit déjeuner, avec encore beaucoup de lait. J'étais pleine de vitamines, j'avais des petits os bien costauds et un cerveau dopé au phosphore. Fantastique, non ?

Non. J'en avais marre de mes petites manigances pour ne jamais manger devant Thomas. J'avais tant de joies dans la vie, je me sentais enfin si normale, que j'avais envie de partager des plaisirs simples avec les autres. Mais je ne pouvais pas. Je devais calculer tout le temps. Tricher. Moi qui avais tant rusé pour me bâfrer, je devais feinter pour ne rien manger. Quand nous étions au café ensemble, je n'osais même plus prendre un Coke diète pour ne pas avoir l'air d'être au régime. Je prenais cette nouvelle variété brute, sans le moindre sucre. « Si si, je préfère, je t'assure ! » Au moins, je ne consommais pas trop : ça piquait tellement qu'il me fallait bien une demi-heure pour finir mon verre.

Et Kilodrame veillait au grain. Ces derniers temps, nous nous écrivions tous les jours. Elle me mettait toujours en garde :

Vous avez un nouveau message

Nous ne sommes pas comme les autres, ne l'oublie jamais. C'est comme ces associations d'alcooliques anonymes, où l'on répète inlassablement qu'il ne faut pas toucher à une seule goutte d'alcool. On ne peut pas retourner en arrière, ne serait-ce qu'un tout petit peu. Ou alors, c'est la catastrophe.

Kilodrame

Pour tout arranger, Madame la Balance se montrait caractérielle. Les pesées du vendredi n'étaient plus des moments de liesse. Au mieux, le compteur affichait deux cents grammes en moins. Parfois, c'était le *statu quo*. Bon an, mal an, je suis arrivée au chiffre tant rêvé de dix kilos perdus mais, un matin, le cadran a affiché cent grammes en plus. J'vous jure messieurs les juges que je n'avais fait aucun écart ! Certes, j'avais mangé tout le saladier de cerises devant la télé. À dix dollars le kilo, ma mère avait d'ailleurs fait une de ces têtes ! J'ai d'abord trouvé que je payais cet excès bien cher. Puis j'ai pensé à Kilodrame. Cette fille avait mille fois raison. Je le lui ai raconté dans un courriel. Je lui ai aussi demandé de faire une exception à la règle, de me laisser l'appeler. On ne pourrait pas se rencontrer, on se connaissait si bien maintenant. J'en avais envie, j'en avais besoin. Nos nombreux échanges nous avaient vraiment rapprochées et, sur certains points, elle était plus proche de moi que Thomas ou Raphaëlle. Et pas seulement sur les questions de bouffe.

Elle a refusé tout net. Dans mon billet, je lui précisais que je vivais en Estrie, et elle n'a pas été contente de l'apprendre.

Vous avez un nouveau message

Je me fous complètement de savoir où tu vis ou de connaître la couleur de tes cheveux.

Elle n'a même pas signé. J'ai trouvé qu'elle était vraiment dure. En même temps, cette fille avait du caractère. Cela lui avait permis non seulement de vaincre son excès de poids, mais aussi le mien. Je ne pouvais quand même pas me plaindre… Il fallait peut-être au contraire que je me prenne un peu plus en main. Toute seule ! Je ne me suis pas sentie de taille à lui répondre. Je suis allée dans la salle de bains.

Petit rituel maintenant bien installé, je me suis dénudée devant la glace. Cellulite au rapport ! En toute objectivité, je n'avais plus un gramme de graisse à perdre sur le haut du corps. Au contraire, je pouvais même compter mes côtes. J'aurais dû trouver ça laid, pourtant cette maigreur m'a plu. D'autant qu'elle était très localisée ! Certes, mon cul avait fondu. Mais il restait sacrément volumineux. Il débordait encore de mes mains alors que je m'en saisissais devant mon reflet. Et mes cuisses… Là, ça restait la catastrophe. Ça empirait même, non ? La culotte de cheval s'accentuait, j'en étais certaine. Je n'étais pas près d'enfiler un jean !

Grauku ne se mettrait jamais en jean. Et elle s'espérait normale un jour ?

Bien sûr, je ne parlais pas de coupe taille basse. Mon postérieur en déborderait toujours. Non, je voulais simplement glisser mes cuisses dans un pantalon… Je me suis rhabillée en un éclair, j'ai foncé dans ma chambre, j'ai pris mon carnet. J'ai ajouté un petit cérémonial en sortant la photo de Thomas, la seule que je possédais. Elle avait été prise à la dérobée à la soirée de Boris.

Mon amour, je le fais pour toi ! Ridicule, non ?

Fruits (30 mars)

J'ai vite refermé le carnet. Il me faudrait une sacrée volonté pour respecter cette nouvelle clause au contrat, mais je tiendrai le coup. Je bousillerai Grauku. Tant pis si j'y laissais quelques plumes.

Ma mère devait vraiment avoir un sixième sens : elle a tout de suite remarqué que je ne mangeais plus de fruits. Au premier repas qui a suivi ma nouvelle résolution. J'ai tenté de lui dire que j'avais mal au ventre, que ses cerises m'avaient collé la diarrhée. Elle a voulu me gaver à la banane. Que voulez-vous, c'est la vertu des fruits : ils répondent à tous vos problèmes de santé ! Pour le même prix, ils entretiennent les cheveux, les ongles, la peau… *Et la graisse, Maman ! Et la graisse ! Tu sais que ces fruits dont tu me gaves, dans tous les sens du terme, sont pleins de sucre qui font mon gras et de cette eau qui se stocke dans ma cellulite ?* Je l'ai laissée faire son argumentaire de vendeuse en rayon bio sans chercher à la contredire. Elle n'avait plus à surveiller ma consommation de chocolat, il fallait bien que je la laisse s'inquiéter pour autre chose. Elle a encore essayé les jours suivants puis a abdiqué. Elle n'aurait pas besoin d'acheter les fraises et les cerises par cageots complets.

Chapitre 25

J'ai tenu. Bien, même. La balance ne m'a pas pour autant décerné l'oscar du Kilo perdu, mais elle a commencé à relâcher cent grammes par-ci, cent grammes par-là. Je me sentais bien, la vie était belle. Je voyais de moins en moins Raphaëlle, mais les moments que nous partagions étaient toujours aussi précieux. Remplacer la quantité par la qualité, c'était donc cela ma nouvelle règle de vie ?

Puis un jour, mon amie m'a sauté dessus dès mon arrivée à l'école :

– Manon, je suis vraiment dans la merde... Mes parents sont en colère contre moi et ils me laissent plus sortir.

– Pourquoi, qu'est-ce que t'as fait ? T'as mis le feu aux rideaux ?

Ma blague ne lui a pas arraché l'ombre d'un sourire. Pourtant, toutes les deux, on les trouvaient bien laids, ces rideaux ! C'était donc du grave vraiment grave...

– Je leur ai menti et ils l'ont découvert. Samedi dernier, je leur ai dit que je dormais chez Justine...

... Ah, et pourquoi pas chez moi ?

– ... mais en fait, je passais la nuit avec Boris. Ses parents étaient partis en week-end et il m'avait demandé de venir. Je n'ai pas osé lui dire que mes parents ne voudraient jamais, qu'ils ne savaient même pas que j'avais un *chum*. Je ne voulais pas avoir l'air plate à ses yeux. Justine a proposé de me couvrir. Seulement, mes parents ont téléphoné chez ses parents et elle a gaffé, elle a dit que j'étais pas là.

... moi, je ne t'aurais jamais lâchée...

– Mais pourquoi ils n'ont pas appelé sur ton cellulaire ?

– Parce que justement, ils devaient sentir venir le coup ! Je peux te dire qu'après, ils ont appelé sur mon cellulaire ! Et que j'ai été priée de rappliquer à la maison vite fait, bien fait !

– Et Boris, qu'est-ce qu'il a dit ?

– Que c'était pas grave, qu'il comprenait. Il m'a même envoyé un texto dans la nuit pour me remonter le moral. Mais je me retrouve privée de sorties jusqu'aux prochaines vacances. Comme une vraie gamine ! Quand j'lui ai dit, j'ai bien vu qu'il tiquait.

– Attends, tu t'en sors bien ! Les vacances de Pâques sont dans trois semaines !

– Ouais, mais avant, y'a...

– ... la soirée de Pauline ! Et merde et merde et merde...

Eh oui, la soirée de Pauline était le prochain rendez-vous de notre agenda mondain désormais bien rempli : nous étions devenues deux filles *cool*.

– Boris va y aller ?

– Bien sûr ! s'est exclamée Raphaëlle d'un ton enjoué.

Je l'ai trouvée piètre actrice.

J'ai failli ne pas aller à cette soirée. J'ai pensé proposer à Raphaëlle de venir passer la nuit chez elle, ou l'inverse. Après tout, ses parents me connaissent très bien, ils n'auraient pas refusé. On aurait même pu dire que c'était pour un devoir de français ou de maths. On aurait passé une super soirée, on aurait bien rigolé et j'aurais été Super Manon une fois de plus. Mais c'était me priver d'une soirée avec Thomas.

J'ai failli ne pas aller à cette soirée. Je n'aurais pas vu Justine draguer ouvertement Boris et ce salaud se frotter contre elle pendant les slows. Je n'aurais rien dit. Je n'aurais rien su.

Pendant que ces deux-là dansaient, Thomas m'a conseillé de me calmer, de ne pas intervenir. Mais quand la musique a changé, les deux pots de colle se sont décollés et j'ai foncé droit sur Justine :

– À quoi tu joues ? C'est dégueulasse. Tu sais bien que Boris sort avec Raphaëlle.

– Ouais, mais elle n'est pas là ce soir, m'a-t-elle rétorqué, une main posée sur la hanche, un grand sourire méprisant aux lèvres. Au fait, pourquoi elle est pas là ? Ah oui, elle est « punie » ! « Papa-Maman » veulent pas qu'elle sorte, « Papa-Maman » veulent pas qu'elle couche.

Elle parlait fort et, malgré la musique, les gens commençaient à la remarquer. Bien entendu, Lisa a rappliqué. Si Justine se donnait en spectacle, elle voulait aussi être en haut de l'affiche.

– Ça doit être bien chiant d'avoir des parents protecteurs comme ça. D'être traitée comme une gamine à son âge. Une chance qu'elle ait pu venir au *party* de Boris en décembre. Elle avait peut-être raconté qu'Annie Brocoli serait là !

J'entendais des rires de moins en moins discrets fuser autour de moi.

– T'es vraiment une grosse idiote, Justine ! Je croyais que « Raffi » était ta copine, mais je constate que non.

– « Grosse » idiote, alors celle-là, elle est drôle, est intervenue Lisa. Faut l'entendre, surtout de ta part.

– De quoi tu parles ? lui ai-je demandé, d'un ton plus menaçant qu'interrogateur.

Je n'étais pas naïve, je savais très bien à quoi elle faisait allusion. Mais je voulais l'entendre de sa bouche. Ces deux filles étaient des peaux de vaches et le fait que nous fréquentions les mêmes personnes depuis que, Raphaëlle et moi, nous sortions avec Boris et Thomas n'y changeait rien.

– Nan… rien… laisse…

Sûrement pas…

– … ça te ferait trop mal !

Lisa avait lâché son verdict d'une voix faussement compatissante. Ma colère a monté d'un cran. J'allais me la fai…

– Laisse tomber, Manon. Viens…

Je me suis retournée, Pauline me tenait l'épaule. Son sourire triste a fendu mon armure. Non, je n'allais pas partir en guerre, en tout cas pas pendant sa soirée. Ces deux-là ne perdaient rien pour attendre.

Chapitre 26

Thomas avait assisté à toute l'engueulade avec Lisa et Justine. Étrangement, il a refusé d'en reparler. Son silence m'a mise mal à l'aise. Il refusait d'aborder la question de mon poids. Lisa avait attaqué Grauku, je n'étais pas la seule à l'avoir compris. J'ai essayé une fois de plus de remettre la soirée sur le tapis, je lui ai répété la réplique de Justine.

– Manon, laisse tomber. C'est rien.

J'ai laissé tomber. J'ai bien compris que ce « rien », c'était mon gros cul en photo. C'était ça que Thomas voulait me dire. L'affaire s'était étouffée toute seule. Elle avait même été profitable, puisqu'elle m'avait amenée à Kilodrame, au carnet, à Thomas. Voilà ce qu'il en pensait ? J'étais curieuse de le savoir. Mais pour ça, il aurait fallu briser un tabou absolu : parler avec lui de cette photo. Et apparemment, il n'en avait pas plus envie que moi. Il m'a tendu le calumet de la paix, j'y ai tiré une grande bouffée :

– Tu sais, Raphaëlle a vraiment de la chance d'avoir une amie comme toi.

– Et moi, de la chance que tu encaisses comme ça mes coups de gueule, surtout quand ils ne te sont pas destinés.

Nous nous sommes embrassés.

Fin de la scène… Coupez !

Je n'ai rien raconté à Raphaëlle. « Comme si de rien n'était » : c'était mon leitmotiv quand je la retrouvais en compagnie de Boris. Avec un peu de bonne volonté, je devrais réussir à m'en convaincre : le comportement de Boris et Justine, la mauvaise langue de Lisa, tout cela n'était pas « si grave »... Non ?

Bordel de merde, si, c'était grave ! *Tiens, voilà que Manon se mettait à parler comme Grauku ! Elle n'avait pas complètement disparu, celle-là ?* Je sentais bouillir en moi une colère disproportionnée que rien n'apaisait, ni mon envie que Raphaëlle ne sache rien, ni les attentions répétées de Thomas. Pour moi, il y avait derrière cette histoire bien plus qu'un gars qui s'était mal conduit en soirée. Les mots de Lisa avaient déchiré ma nouvelle panoplie de maigre heureuse. Réveillé mes angoisses.

Dur à admettre, mais je savais bien ce qui me calmerait. Du chocolat. Mordre à pleines dents dans une plaque, l'imaginer cédant sous la morsure, déchirer le morceau, l'avaler sans prendre le temps de vraiment le mâcher. La bête se réveillait. Pour lutter, j'étais obligée de me murer derrière des raisonnements en béton : Manon, n'oublie pas que tu aimes Thomas, il ne faut pas regrossir, tu ne lui plairas plus. Souviens-toi comme tu étais malheureuse/aigrie/frustrée quand tu en mangeais. Rappelle-toi comme ces luttes incessantes t'épuisaient, t'empêchaient de profiter de la vie. Je savais tout ça. Ce n'étaient pour moi que des données scientifiques, dénuées de toute émotion. Les tripes, elles étaient dans cette envie de bouffer pour oublier, pour ensevelir tous les cellulaires du monde, tous les sourires hypocrites de mon école, les regards mielleux de Boris sur Raphaëlle. Boris... Je lui aurais bien collé mon poing sur la gueule, à celui-là. Deux fois, même : une fois pour Raphaëlle. Et une fois pour moi. Il aurait payé pour la photo de mon cul.

Mais ce n'était pas possible. Pas taper. Pas manger... C'était si dur. Pourquoi je me mettais dans des états pareils ?

Heureusement, il y avait Kilodrame et nos échanges. Je lui ai dit que je crevais d'envie de manger. Kilodrame m'a portée à bout de bras. Elle m'a proposé de lui rendre compte tous les jours de mon alimentation, pour me maintenir sur le bon cap. Surtout, elle s'est un peu livrée. Elle semblait invincible et je me sentais un peu à l'abri sous son aile. Laissons passer l'orage…

Début avril, elle m'a envoyé un message particulièrement positif :

Vous avez un nouveau message

Tu t'es sans doute demandé au moins une fois quel pseudo tu choisiras quand tu auras complètement réglé tes problèmes de poids. Tu lis bien « quand », et non « si » : toi et moi savons que tu y parviendras. C'est une question que, moi, j'ai réglée il y a quelque temps déjà. Le mien s'est imposé à moi très tôt dans ma lutte contre les kilos. Cela peut paraître pompeux ou solennel, mais je suis contente de signer ce message Kilomaître. Pour moi, la guerre aux cent grammes est terminée. Reste bien entendu à consolider ma position pour ne pas céder une once de graisse à l'ennemi. Je ne maigris plus. Mon poids actuel me satisfait, ma silhouette aussi.

KILOMAÎTRE

Devant son enthousiasme, j'ai tenté le tout pour le tout en lui demandant en retour quel était ce poids. Elle avait toujours refusé de me le dire, alors que j'affichais le mien sans la moindre pudeur.

Vous avez un nouveau message

Tsss Grauku ! La clé du succès, c'est de ne jamais relâcher la vigilance ! Tu n'as pas encore compris que mon poids importe peu ? Ne me le demande plus. Laisse ça à ma mère et à ces médecins qui ne comprennent rien à rien. Et toi, tiens le coup. Si tu veux, je te cherche ton nouveau pseudo. Quand tu seras prête, je te le donnerai. En attendant, courage. Quand tu sens que tu peux craquer, pense au carnet. Récite-toi la liste dans ta tête, de haut en bas, de bas en haut et oublie le reste. Ces aliments ne sont plus que des mots. Pas des maux. Des mots. Souviens-toi : Enormeku, c'était moi. Tu y arriveras aussi, car tu es une fille brillante et volontaire, je l'ai tout de suite senti à travers ton blogue. C'est pourquoi je t'ai choisie.

Kilomaître

PS : je ne vais pas être procédurière au point de changer mon courriel. Pas encore ! ☺

J'ai refusé de l'admettre, mais ses messages m'ont à la fois charmée et gênée. Je n'aimais pas l'idée d'avoir été choisie. Ou par Thomas, c'est tout ! Kilodrame *alias* Kilomaître était le phare dans la tempête que je traversais. Alors j'ai enfoui mes doutes.

Chapitre 27

Le calme est revenu. Oh, vu de l'extérieur, il avait toujours régné. Boris avait juste failli tromper Raphaëlle, j'avais juste failli craquer sur la nourriture. Aucun de nous deux n'était passé à l'acte. J'ai fini par me persuader que Boris n'avait pas d'idée derrière la tête en dansant avec Justine. Et surtout que j'avais réagi beaucoup trop fort. Je suis passée à autre chose.

Et quelle autre chose ! Thomas m'avait écrit une longue lettre, papier et encre s'il vous plaît, même pas un courriel ! Il me répétait qu'il m'aimait et blablabla et blablabla (pourquoi étais-je donc encore si cynique ?). Il concluait surtout sur son envie de « franchir le pas » avec moi.

Manon allait voir le loup ? L'expression m'amusait soudainement beaucoup moins ! Une grande partie de mon être en mourait d'envie. Celle qui savourait sa langue, qui vibrait sous ses caresses de moins en moins pudiques. Celle qui sentait parfois au creux de ses reins cette chaleur délicieuse. Autant l'avouer, je m'étais déjà un peu... découverte. Mais de là à « coucher »...

C'est ce que me rappelait l'autre partie de mon être. *L'irréductible Grauku.* Eh oui, je n'avais toujours pas jugé nécessaire de me faire rebaptiser par Kilomaître. Faire l'amour avec Thomas, c'était accepter de me présenter nue face à lui. Et ça, ce n'était pas envisageable sans avoir perdu encore un ou deux kilos. Au moins ! Je n'étais qu'à dix kilos et demi en moins. Pour une grosse comme moi, c'était insuffisant.

Récapitulons : d'un côté, un garçon adorable, que je désirais aussi, et qui ne m'attendrait pas éternellement. De l'autre, un gros cul – enfin aux trois quarts gros, allez à demi gros je vous l'accorde ! – qu'il faudrait forcément dévoiler. Une seule solution au problème, une fois encore mathématique : soustraction de base. Maigrir, encore et toujours.

Maigrir, et vite !

J'ai misé sur la piscine. Trois séances par semaine. J'ai perdu. Trois cents grammes, c'est tout.

J'ai réduit les portions. Moins de lait, moins de légumes, moins de volailles et de poissons maigres puisque je ne mangeais plus que cela. J'ai encore échoué. Perte zéro.

Alors, j'ai carrément réduit les nombres de repas. Et là, j'ai gagné. En sautant le déjeuner, j'ai enfin vu la balance fléchir. Quand j'ai supprimé la grande rasade de lait écrémé de dix-sept heures, j'ai bien cru que j'allais défaillir. Mais j'ai tenu. J'avais faim, j'avais froid de plus en plus souvent. J'ai recommencé à maigrir. Heureusement que Kilomaître m'a soutenue dans l'ultime offensive. Car je savais que c'était la dernière ligne droite. Qu'elle me mènerait directement dans le lit de Thomas. Et que, pour contredire l'expression, je serais alors dans de beaux draps. Je m'y sentirais bien.

Thomas et moi nous sommes fixé rendez-vous un samedi soir. Nous allions à une soirée dans une maison avec de nombreuses chambres. Ça peut paraître glauque pour une première fois, mais c'était sans importance.

Le vendredi soir, j'ai écrit un courriel à Kilodrame… Enfin, Kilomaître : je ne m'y habituais pas.

Nouveau message

Quel était donc mon nouveau surnom ? ! ?

Grauku qui ne l'est plus. 

Envoyer

Elle ne m'a pas répondu. C'était la première fois qu'elle ne répondait pas rapidement à un message et ça tombait plutôt mal : c'était le moment ou jamais d'abandonner Grauku ! Je pouvais aussi accepter que l'existence de Kilomaître ne tourne pas autour de moi. Elle était peut-être sortie ce week-end…

J'aurais bien envie de dire « rideau ». De garder le mystère sur ce qui s'est passé dans cette chambre du petit frère d'un type que je connaissais à peine. J'ai fait l'amour au milieu des Playmobils et des Dragon Ball Z. Sur le mur, Johnny Deep déguisé en pirate nous a regardés avec son sourire narquois pendant toute notre étreinte. Il y avait sur la table de nuit une petite veilleuse à mettre directement sur la prise électrique. Thomas l'a branchée et a éteint la grosse ampoule. J'ai été sensible à cette attention. Puis nous nous sommes allongés sur le tapis : il était hors de question pour moi de perdre ma virginité sur le lit d'un garçon de sept ans ! Doucement, Thomas m'a déshabillée. Ses lèvres suivaient sa main, me couvrant de chauds baisers qui me rassuraient. Ça allait bien se passer, allez, courage… Je donnais le change en déboutonnant sa chemise… son jean. Je lui souriais mais je n'en menais pas large. Nous nous sommes retrouvés en sous-vêtements. Si j'avais pu décider, je me serais contentée de cette étape pour ce soir. « *C'était super, on se voit demain !* » Mais Thomas a dégrafé mon soutien-gorge, une fois de plus très délicatement. Il a glissé deux doigts dans ma petite culotte et, comme par magie, elle a glissé le long de mes jambes.

– Tu es belle, a-t-il murmuré.

C'est vrai ça? C'est pas juste pour profiter de moi ? Tu me l'écris noir sur blanc, tu signes le certificat ? Thomas m'avait souvent dit qu'il me trouvait jolie, que j'avais un magnifique sourire, que ce chandail m'allait vraiment bien, qu'il me trouvait *sexy* avec cette jupe (et oui, elles ne remontaient plus sous les aisselles depuis quelque temps). Mais là, il me découvrait nue. Et il me trouvait belle.

Alors je me suis lâchée. À mon tour, j'ai glissé le bout des doigts dans son boxer, j'ai doucement tiré. Je n'avais plus le trac. Nous nous sommes retrouvés tous les deux nus. Nos corps se sont cherchés, nous nous sommes frottés l'un à l'autre. J'ai senti le désir me brûler les entrailles et c'est moi qui ai déchiré l'emballage du préservatif. Ensuite, tout étonnée de mon audace, je lui ai donné le bout de plastique et je l'ai laissé faire ! Apparemment, je m'étais trompée : il n'en était pas à son coup d'essai. À moins qu'il se soit entraîné dans sa chambre toute la semaine… Aïe, de telles pensées s'avéraient dangereuses : j'ai bien failli éclater de rire en imaginant Thomas et sa gym hebdomadaire. Il a demandé pourquoi je pouffais, je lui ai répondu que c'était le trac, il m'a crue.

Il m'a pénétrée. Il est allé et venu, avec beaucoup de délicatesse, mais j'ai quand même eu mal. Un peu. Il a joui. Moi, je n'ai pas eu de plaisir. Ça aussi, c'est bon pour les contes de fées, l'orgasme du premier coup. Heureusement que Raphaëlle m'avait prévenue… Quand « ça » a été terminé, nous nous sommes vite rhabillés. Comme si soudainement nous n'étions plus seuls dans cette maison. Nous avons rejoint le *party* au rez-de-chaussée. J'ai eu quelques minutes l'impression que tout le monde nous fixait, comme si nous avions remis nos sous-vêtements au-dessus de nos vêtements. Puis j'ai compris que ce n'était que le fruit de mon imagination. Nous n'étions pas les seuls à nous être « affairés ». Ce n'était pas marqué « dépucelée » sur mon front. Seule Raphaëlle m'a adressé un grand clin d'œil. Nous sommes sorties toutes les deux. Assis sur les marches du perron, quelques accrocs à la nicotine savouraient leur cigarette à l'air frais. Alors nous avons fait quelques pas et je lui ai raconté : la veilleuse, Johnny Deep et tout ça. Sur la suite, j'ai été plus pudique. Et elle a compris.

– T'es heureuse ?

– Oui, je crois. Enfin, je me sens encore toute bizarre. Et puis ce n'était que la première fois, je ne connais encore rien.

– Tu vas voir, c'est de mieux en mieux ! s'est exclamée Raphaëlle.

Chapitre 28

La vie, c'est comme dans les histoires : les méchants sont là pour faire avancer l'intrigue. Sinon on s'ennuierait. Imaginez Harry Potter sans Voldemort : un ado comme les autres ! Imaginez Grauku sans Justine et Lisa…

Le fait que ma relation avec Thomas ait… comment dire… pris un tournant décisif ne m'a pas coupée de la réalité. J'ai continué à étudier suffisamment pour éviter les échecs, à fréquenter mes copines et à m'intéresser à ce qui se passait autour de moi. Apparemment, rien n'avait changé. Et pourtant ! Pourtant, pour la première fois depuis longtemps, j'étais vraiment-complètement-totalement heureuse. Je savourais ma nouvelle silhouette. Thomas m'avait ôté tous mes complexes et je me réjouissais vraiment d'avoir fait ce régime, même s'il avait été difficile à mettre en place et à suivre.

Oui, tout allait bien. Sauf quand je croisais Justine et Lisa : je sentais alors la colère me chatouiller les narines.

Un jour, n'y tenant plus, j'ai pris Pauline à partie :

– Tu sais, je n'aurais vraiment pas voulu gâcher ta soirée. Mais t'aurais peut-être dû me laisser m'expliquer avec Justine. Elle allait parler de la photo, je l'ai bien senti. Ça fait plus de six mois qu'on n'a pas vu mon cul sur un cellulaire – du moins, je crois ; j'espère ! –, alors pourquoi j'ai le sentiment que cette affaire vous dérange encore autant ?

Pauline n'était pas habituée au langage cru de Grauku. Visiblement, je l'avais choquée. Elle a viré au rouge pivoine.

– Je suis désolée, je ne voulais pas te mettre mal à l'aise. Mais j'espérais que la page serait tournée. Il y a eu d'autres affaires de cellulaires après la mienne. Et j'ai… enfin, tu vois … bien changé physiquement.

La pivoine se muait en coquelicot. Nous allions avoir toutes les nuances de rouge. Je comprenais de moins en moins. Plus je tentais de mettre Pauline à l'aise, plus elle paniquait. Elle voulait dire quelque chose mais restait désespérément muette. Alors tout à coup, j'ai compris :

– Tu sais qui a pris cette photo?

Avez-vous une idée du peu de temps qu'il faut pour virer du rouge écarlate au blanc neige ? Elle a pâli. Tout son visage était un aveu.

– Manon, c'est pas si simple.

– Oh si.

– Non, je crois pas que ce soit forcément bon de remuer tout cela.

– C'est à moi d'en décider.

– Bien sûr mais quand même…

– C'est toi ? lui ai-je cruellement lancé.

J'espérais qu'en la provoquant, je lui arracherais la vérité. Elle a reçu ma question comme un uppercut dans le ventre. J'ai vraiment eu l'impression qu'elle cherchait son souffle en me répondant :

– Bien sûr que non, t'es folle !

Même si je me dégoûtais moi-même, je ne me suis pas démontée :

– Ben alors pourquoi tu dis rien ?

Bonne question : apparemment, ma stratégie était efficace. La réponse méritait réflexion et j'ai bien senti cette pauvre Pauline en proie à une grande lutte intérieure. Puis ses traits se sont durcis :

– OK. Tu l'aurais su de toute façon un jour. Justine et Lisa sont dans le coup.

C'était donc si simple que ça. Les méchants sont vraiment méchants. Les belles filles ridiculisent les thons. Pourquoi ne l'avais-je pas deviné tout de suite ? C'était trop banal pour moi, trop simple ? Non. Je ne l'avais pas senti parce qu'à l'époque je m'étais sentie coupable. Malgré toute la haine que je vouais à celles qui avaient pris cette photo, à tous ceux qui l'avaient joyeusement faite circuler, j'étais, à mes yeux, seule responsable de ce qui me tombait dessus. *La sentence du gros cul.*

Seulement j'avais changé et j'allais le leur montrer. Je suis partie comme une furie. Derrière moi, j'entendais Pauline qui tentait de me rappeler. Elle devait déjà regretter son moment de vérité :

– Attends, ce n'est pas si simple que ça !

Tu te goures Pauline. Cette affaire va se régler très simplement.

J'ai retrouvé ces deux tartes dans la cour. Ces prétentieuses se pavanaient entourées de leur fan club habituel. Tant mieux, ça sera *cool* de se battre devant un public. Je me suis plantée devant elles en silence, j'ai sorti mon cellulaire. Il n'avait pas d'appareil photo intégré, mais je comptais sur leur débilité pour ne pas s'en rendre compte.

– Ben Manon, qu'est-ce que tu fais ?

J'ai halluciné : ces deux idiotes prenaient la pose ! Elles avaient l'air franchement étonnées, mais réflexe de Pavlov oblige : elles se croyaient devant un appareil photo, elles posaient. C'était pathétique ! Je les laissai mariner encore quelques secondes, pouffer comme deux écervelées et portai l'estocade :

– Rien, en fait. Je voulais saisir l'étendue de votre connerie pour l'envoyer ensuite d'un cellulaire à l'autre, mais je me rends compte que ça ne marchera pas. Y'en a un tel volume que ça ferait un fichier trop lourd à envoyer.

Eh là, les admiratrices ! C'est pas gentil de vous moquer comme ça de vos idoles. En même temps, entendre le fou rire qui a entouré notre trio, c'était bon comme... comme... mordre férocement dans une plaque de chocolat.

– Mais Manon ça va pas ? T'es folle ou quoi ?

– On t'a rien fff...

Justine n'a pas pu finir sa phrase. Il y aurait donc une once d'honnêteté chez cette garce ? Bouleversant... Je n'ai pas eu le temps de mener plus loin mon étude scientifique de ces spécimens – je l'espère – rares. Lisa a contre-attaqué :

– Tu veux parler de cette photo Manon ? OK ! Tu sais à combien on rentre dans une cabine de piscine quand on se traîne pas un gros cul ? À deux ?

Elle avait retrouvé toute son arrogance. Où voulait-elle en venir pour être si sûre d'elle ?

– À TROIS ! (Elle avait hurlé.) Si tu as un doute, demande donc à ta loyale et dévouée Raphaëlle, elle te racontera.

– T'es pathétique Lisa ! Si tu crois que je vais en avaler une pareille, t'es encore plus débile que je le pensais.

Ma phrase avait commencé sur un ton assuré et ironique. Elle se terminait d'une voix chevrotante. Pourquoi ne riaient-elles plus, les groupies ? Pourquoi Lisa – comme Justine aussi maintenant ! – affichait-elle cet air triomphal ?

Pourquoi Raphaëlle m'avait-elle parue gênée les premières fois qu'on avait parlé de cette photo ?

Pourquoi Thomas avait-il lâché : « Manon, laisse tomber » ?

Parce que j'étais la seule à ne pas savoir que Raphaëlle était dans cette fichue cabine ce jeudi de merde ?

Chapitre 29

Trompée par sa meilleure amie. Elle s'était royalement fichue de ma gueule. Et deux fois pour le prix d'une ! C'était elle aussi que j'avais entendue pouffer dans la cabine d'essayage. C'était elle encore qui m'avait menti pendant des mois, se prétendant toujours ma meilleure amie, ma confidente. C'était elle qui avait accueilli mes premières satisfactions quand enfin la balance se montrait sympa. Elle encore qui s'était réjouie de me voir avec Thomas. Comment avait-elle pu ?

Certes, j'aurais dû lui demander. Cela aurait été assez rationnel. Elle m'aurait expliqué qu'elle s'était laissée entraîner, qu'elle n'imaginait pas une seconde que ça irait si loin.

Ou que c'était vraiment drôle, cette photo de mon gros cul ?

J'aurais tranché : j'l'aime encore, j'l'aime plus.

Mais je n'ai pas été rationnelle. J'avais en moi beaucoup trop de souffrance, de colère et de stupéfaction mêlées pour cela. En une seconde, mon petit monde merveilleux s'était effondré. Envolée cette douce sensation d'être simplement heureuse. Je me suis tue. J'ai refusé systématiquement de lui adresser la parole. Veillant même à m'éloigner ostensiblement dès qu'elle approchait. On n'a pas le droit de blesser à ce point ceux qui nous aiment.

Thomas a bien tenté de jouer les médiateurs. Il a été d'une patience, d'une délicatesse bouleversantes. Effectivement il savait. Depuis le début. Il avait vite compris que j'ignorais tout et avait soigneusement évité le sujet, y compris quand Justine m'avait attaquée sur mon poids à la soirée de Pauline. Et dire que ce soir-là, j'avais défendu Raphaëlle de toute la force de notre indestructible amitié !

Boris aussi a tenté le coup. Pauvre Raphaëlle, réduite à m'envoyer de si piètres émissaires ! Je l'ai renvoyé dans ses quartiers.

J'ai bien noté que Raphaëlle ne se rabattait pas sur Justine ou Lisa. Au contraire, ces trois-là semblaient bien en froid.

Tant mieux... Non, même pas tant mieux.

Je m'en fichais. Je voulais m'en convaincre.

Quand je tirais le bilan de ces derniers mois, je ne savais pas si je devais rire ou pleurer. Côté « bonnes nouvelles », j'avais enfin réglé mes problèmes de poids, je ne luttais plus à longueur de journée contre mes envies de chocolat. Pas de doute, mon ex-chère Raphaëlle m'offrait un beau cadeau d'adieu : j'avais l'estomac noué dès que j'étais en classe, je n'avalais plus rien et j'ai perdu trois kilos supplémentaires les quinze premiers jours qui ont suivi la révélation. Trois kilos : j'avais dépassé, de très loin, mon but initial de dix kilos ! J'en avais perdu treize et demi. Cette maîtrise de mon corps me réconfortait plus encore que les baisers de Thomas. Je contrôlais mon organisme et son fonctionnement. Complètement. Lui ne me trahirait jamais, j'y veillerais bien... Pour autant, je n'avais pas un corps de rêve, la silhouette parfaite de... Lisa ou Justine ! Peu importait.

Le plus grand bonheur de ces derniers mois, plus encore que ma perte de poids (et même si c'était intimement lié), c'était Thomas. Je sortais avec le garçon le plus fabuleux de mon école... et plus encore sûrement. Thomas m'a écoutée me plaindre, critiquer, pleurer, supputer... me taire. Au début de notre histoire, je n'étais que gentils sourires et fins traits d'humour. Aujourd'hui, j'étais devenue Miss Gueule. J'essayais bien de faire des efforts en sa présence, mais c'était souvent au-dessus de mes forces.

Dans la colonne « mauvaises nouvelles », la liste était longue aussi. Non, en fait, elle était très courte : chocolat et Raphaëlle. Je ne mangeais plus rien de ce que j'aimais, je ne mangeais plus rien en fait. Je ne luttais pas pour résister, mais je me retrouvais face à un nouveau problème : je me sentais plus mal que jamais et je n'avais aucune arme magique pour enfouir mon mal-être. Les bras de Thomas n'ont pas l'efficacité d'une bonne plaque de chocolat Côte d'Or au lait ; la découverte est cruelle, n'est-ce pas ? Quand il m'a proposé qu'on sorte un soir tous les deux, j'ai carrément refusé.

J'aurais sans doute réussi à décompresser seule avec lui. À apprécier ses mots doux, ses regards et ses baisers. Cela m'aurait même sans doute fait beaucoup de bien. Oui, mais il voulait m'emmener au resto. Je savais que cela arriverait sans doute un jour, j'y avais réfléchi. Faire une entrave au carnet ? L'oublier quelques heures ? Ne pas me souvenir de la liste... jusqu'au bout ? C'était suicidaire. Seule avec Thomas, qu'aurais-je fait ? J'aurais apprécié le moment et craqué en lisant la carte. J'aurais... mangé. La bête se serait réveillée, j'en étais certaine. Je l'imaginais s'énerver, tourner en rond, tirer sur les maillons de sa chaîne. Si je la libérais, les pulsions reviendraient en force. Peut-être que j'étais une fille avec un poids normal, qui sortait avec un gars super. Mais j'avais encore un quotidien complètement détraqué. J'étais prisonnière du carcan que je m'étais moi-même fabriqué.

J'ai de nouveau laissé quelques billets sur mon blogue, écrit des appels au secours à la désormais Kilomaître. Sans réponse. J'ai annoncé ma spectaculaire dernière perte de poids, le contrôle absolu de mon alimentation. La presque jouissance que m'apportaient les tiraillements de mon estomac souvent vide. Le silence de Kilodrame / Kilomaître a ébranlé la carapace d'indifférence que la douleur avait forgée. Elle aussi me laissait tomber ? Elle m'avait promis tout le contraire. On ne parlait que de kilos perdus et de nourriture contrôlée mais on en parlait ! Elle répondait toujours très vite à mes messages, au point même que je la soupçonnais à une époque d'avoir plus d'amis sur le Web que dans la vie. Apparemment, Kilomaître avait décidé qu'il était temps de sortir de sa coquille. Je la comprenais, je me réjouissais même sincèrement pour elle. Mais elle pouvait quand même prendre le temps de m'envoyer un courriel.

J'ai finalement compris ce qui se passait. L'élève avait dépassé le (Kilo)maître. Mon contrôle actuel avait dû l'exaspérer, ces trois kilos bonus l'achever. Elle avait écrit qu'elle ne voulait plus maigrir, même pas de cent grammes. Peut-être n'y arrivait-elle simplement plus ? J'étais plus forte qu'elle. Eh bien tant pis si elle ne le tolérait pas, qu'elle aille au diable ! (Elle aussi, vraiment ?) Tant qu'elle n'emportait pas avec elle son carnet et ses effets magiques...

Et puis un matin, je me suis éveillée, j'ai ouvert les yeux et...

Non Raphaëlle n'était pas revenue.

Non, Lisa et Justine n'avaient pas avoué qu'elles avaient drogué mon amie pour qu'elle les suive dans cette cabine.

Non, mon cerveau n'avait pas effacé cet épisode si douloureux.

Mais je me suis réveillée sans cette impression nauséeuse qui ne m'avait plus quittée depuis la révélation. Et j'ai compris que je m'étais habituée... C'était tout.

Chapitre 30

Quand on est adolescent, on a le droit de laisser quelqu'un ou de se faire plaquer. Les parents sont d'accord : ce sont des rites initiatiques, pas de comptes à rendre. Il est par contre formellement interdit de se brouiller avec sa meilleure amie sans fournir de motif valable. Sans prouver sa légitime défense.

Il n'a pas fallu très longtemps à ma famille pour voir qu'il y avait un problème entre Raphaëlle et moi. Certes, elle venait beaucoup moins à la maison depuis qu'elle sortait avec Boris. Mais mon amie passait quand même régulièrement. Alors ma mère s'est doutée de quelque chose. Quand nous avons eu une note de français alors que Raphaëlle n'était pas venue travailler à la maison, elle a compris. Et j'ai eu droit à un grand moment de dialogue mère-fille. Quoique non, il faut être deux dans un dialogue. Ce fut donc un superbe monologue sur la valeur de l'amitié. Et franchement bien argumenté. Il paraît que les meilleures amies sont un trésor plus précieux qu'un premier amour (ma mère soupçonnait une entourloupe avec Boris, ou Thomas qu'elle supposait être mon *chum*). Dans le palmarès des gens qui comptent dans une vie, ces amis obtiennent une place très honorable : égalité avec les grands-parents, parfois même devant les frères et sœurs (ça, je veux bien le croire). Pour info, ce sont les parents qui obtiennent forcément la première place mais vous vous en doutiez. (Moi, j'aurais mis les enfants et le mari… mais ma mère est sans doute partie du postulat que je n'en avais pas encore !) Bref, *QUOI QU'*il se soit passé, cela ne pouvait justifier cette brouille.

*QUOI QU'*il se soit passé... Là, j'ai vraiment eu envie d'allumer mon ordinateur et de montrer à ma mère la photo de mon cul précieusement sauvegardée. De lui raconter « *QUOI QUE* » Raphaëlle et ses nouvelles copines en avaient fait. Mais j'ai eu peur des conséquences. À n'en pas douter, ma mère aurait voulu restaurer l'honneur bafoué de sa fille. Elle est comme cela, Maman, elle ne tolère pas l'injustice. Surtout quand elle touche l'un de ses proches. Tout cela serait parti d'un bon sentiment, mais les conséquences auraient été catastrophiques. Ma mère aurait débarqué à l'école au volant d'un bulldozer. Elle aurait rencontré le directeur, convoqué Justine, Lisa et Raphaëlle, interrogé les témoins et peut-être même exigé une reconstitution de la scène du crime... Elle était même capable de porter plainte. Les spécimens rares qui auraient manqué la photo lors de sa diffusion auraient pu la découvrir. Certes, je pourrais m'en moquer : mes fesses ont bien fondu depuis. Je pressentais que cela ne serait pas le cas. C'était toujours la même personne, kilos en plus ou en moins. Le comble, c'est que Raphaëlle serait devenue la victime d'une dénonciation et moi la méchante moucharde. Et ça, il n'en était pas question. Alors je me suis tue et j'ai laissé ma mère à ses spéculations.

Mon père a lui aussi apporté un avis très pertinent sur cette apparente querelle avec ma meilleure amie :

– Sont comme ça les ados, faut toujours un truc qui cloche...

Belle étude sociologique, j'en suis restée sans voix... À lui non plus, je n'ai rien raconté.

Quant à Gabin... Il se fichait de la vie de sa sœur comme de l'an quarante. (Pour cause, Monsieur étudie la physique, pas l'histoire.) Il s'est bien entendu gardé de tout commentaire. Il venait d'achever une période de partiels et comprenait avec désarroi que le peu d'étude qui lui avait suffi au secondaire ne lui assurait plus cette fois le succès. Bien entendu, il ne l'a pas formulé en ces termes. Il a résumé ça en une formule percutante :

– On s'est bien fait avoir.

Il était bien loin, vous en conviendrez, des mésaventures amicales de sa sœur.

Et pourtant. Pourtant il a poussé un soir la porte de ma chambre... en ayant au préalable pris la peine de frapper : grande première ! Il s'est assis au bout de mon lit en silence, les épaules voûtées. Mon frère n'est ni laid ni beau. Du moins, c'est ce que j'ai toujours cru. Ce soir-là, j'ai trouvé ce garçon penaud au bout de mon lit presque charmant. Que lui arrivait-il ? Aurais-je le droit en exclusivité à ses mauvaises notes aux exams ? Sœur Manon allait-elle devoir le consoler ? L'aider à préparer un plan pour l'annoncer aux parents ? Je suis plus inventive que lui, il le sait et...

– Manon, je suis passé chez Étienne aujourd'hui. Sa sœur – tu sais, elle est encore au secondaire –, elle était là. Elle m'a tout raconté.

K.O. par surprise ! Je n'aurais jamais imaginé que « l'affaire » atteindrait ma famille par Gabin. Et pourtant, il avait forcément encore des contacts avec mon école, ne serait-ce que par ses quelques copains qui redoublaient.

– Et « tout », c'est quoi exactement ?

J'avais essayé de parler d'un ton détaché, ni agressif ni sur la défensive, mais ma voix me trahissait. Gabin a continué avec le même détachement, sans lever les yeux, sans me regarder :

– Tout, c'est la photo, tes fesses, Raphaëlle, et les deux vaches qui t'ont fait ça.

C'était bien résumé en effet…

– Et alors ?

– Alors. (Là, il a enfin relevé la tête et planté son regard dans le mien.) Alors, c'est dégueulasse Manon. Dégueulasse d'avoir fait cette photo, dégueulasse de l'avoir envoyée, de l'avoir regardée même. T'aurais dû m'en parler !

Celle-là, elle était bonne ! Gabin était outré de l'affront fait à sa sœur. Il avait la mémoire bien courte ! Cette fois, je ne cherchais plus à maîtriser cette colère qui me surprenait presque autant que lui :

– Ah oui ? Et qu'est-ce que t'aurais fait ? T'aurais pu les empêcher d'agir ? Tu les aurais attendues à la sortie pour leur régler leur compte ? T'aurais tapé tous ceux qui m'ont traitée de gros cul ?

– Mais c'est dégueulasse de te traiter de gros cul !

La pauvreté de son vocabulaire était pathétique…

– Dégueulasse ? C'est ça que tu penses ? Eh bien tu vois, ça m'étonne. Parce que le premier qui m'ait jamais traitée de gros cul, c'est toi mon gars. Il y a quelques années déjà et plusieurs fois. Souvent même. « Vire ton gros cul du canapé », « bouge ton gros cul et va toi-même chercher l'eau » : faut encore te rafraîchir la mémoire ? Parce que j'ai d'autres souvenirs, j'en ai plein en réserve. (Je pleurais en même temps que je criais.) Tu veux qu'on parle de l'anniversaire de mes treize ans ? De ton humour stupide devant mes copines ? On allait au cinéma et il fallait en profiter tant que mon cul rentrait encore dans les sièges ! T'es aussi pourri qu'elles, t'es juste plus nul. Parce qu'avec leur photo, elles ont au moins réussi à me faire maigrir. Toi, tu me pourris la vie sans résultat. Quel gâchis, hein ?

Gabin était blême. C'était la première fois de sa vie que je lui gueulais littéralement dessus et, en plus, sans qu'il s'y attende. (Moi non plus, d'ailleurs.) Il était venu jouer les bons Samaritains, il se faisait fusiller sur place. Il a finalement relevé la tête, affiché un air offusqué et s'est lancé dans la défense de son honneur de grand frère :

– T'exagères Manon. T'en rajoutes. Ouais je t'ai charriée, mais toi aussi tu me ménages pas. C'était pour blaguer tout ça, tu le sais bien. Facile de tout me mettre sur le dos maintenant.

Il s'est tu un instant, comme pour réviser ses arguments avant de les exprimer :

– Tes copines, à ton anniversaire, elles savaient que c'était pour rire. D'ailleurs, y'en a quelques-unes qui ont bien pouffé. (Et il avait raison, le salaud…) Mais faut toujours que tu dramatises. Surtout quand on s'en prend à ta petite personne.

Là forcément, même lui a vu la contradiction de ses propos. Je ne me suis cependant pas gênée pour l'enfoncer :

– Rappelle-moi un peu qui a débarqué dans la chambre de l'autre – en prenant même la peine de frapper, l'outrage devait être grand ! – et qui a répété – quoi déjà ? – « C'est dégueulasse, c'est dégueulasse… » ?

J'avais fait mouche. J'avais attendu longtemps le moment où je sortirais enfin à mon frère tout le ressentiment que j'avais accumulé contre lui. Où je le mettrais face à sa connerie et à sa cruauté. J'aurais dû me sentir bien, libérée. Ce n'était pas le cas. J'étais juste un peu plus lasse.

– OK Manon. (Il a tenté de m'amadouer par un sourire.) Ça m'arrache la gueule de te le dire, mais je vaux pas mieux que les autres sur ce coup-là. J'ai jamais imaginé que je te faisais souffrir à ce point.

Voyant mon regard qui se durcissait, il s'est empressé d'ajouter :

– Et c'est pas une excuse ! Mais je sais pas comment te dire, j'ai l'impression que c'est autre chose, là. Que des paroles et cette photo, c'est pas le même truc. On n'est pas dans le même registre.

Il n'avait pas complètement tort mais je refusais de l'admettre : je n'étais pas encore prête à jouer la grande scène du pardon.

– Gabin, tu dis rien aux parents.

– Je crois plutôt que…

– TU DIS RIEN.

Il est sorti sans ajouter un mot. Je savais qu'il ne parlerait pas.

Chapitre 31

J'ai raconté à Pauline l'engueulade avec mon frère. J'avais du mal à me rendre compte de tout ce que je lui avais dit. Je n'avais pas fait le parallèle entre la photo et ses insultes avant ce soir-là. Et il me semblait depuis si évident. On n'a pas le droit de juger les personnes sur leur physique, même quand il s'agit d'un problème de poids. On n'est jamais complètement responsable de ses kilos en trop, sinon on serait tous minces ! Pauline acquiesçait. Elle n'avait pas un gramme à perdre, mais elle était ouverte et soucieuse d'autrui. Heureusement d'ailleurs. Grâce à sa finesse (sans mauvais jeu de mots !) et son honnêteté, elle avait su rester amie avec Raphaëlle et moi, et surtout à nous le faire accepter. Nous ne parlions jamais de mon ex-meilleure amie et j'imaginais qu'il en était de même quand elle était avec elle. En fait, je n'avais pas osé lui demander.

J'ai raconté cette engueulade à Pauline, car je ne pouvais pas en parler à Thomas. Il connaissait l'état des relations, ou plutôt l'absence de relations, entre mon frère et moi. Mais nous n'avions pas vraiment parlé de mon ancien problème de poids.

Oh, je savais bien qu'il réprouvait vraiment cette histoire de photo. D'ailleurs, il n'avait pas insisté quand il cherchait à me réconcilier avec Raphaëlle. Il avait compris que la blessure était trop profonde. Avait-il reçu lui aussi la photo de mes fesses ? Il l'avait sans doute effacée sans jouer à « passe à ton voisin ».

Mais Thomas n'avait pas non plus dragué Grauku. Il ne la « calculait » pas, lui adressant à peine la parole quand elle se mourait déjà d'amour pour lui. (Non, je n'en rajoute pas... ou si peu !)

Forcément, à ce point du raisonnement, je me retrouvais en porte-à-faux. Manon était quand même la première à détester Grauku, elle pouvait difficilement en vouloir à son *chum*. Certes... Combien de fois j'ai eu envie de lui demander quand j'avais commencé à lui plaire ! J'aurais recherché le poids que la balance affichait alors. Combien de fois j'ai eu envie de lui demander s'il redoutait que je regrossisse ! Combien de fois j'ai eu envie de lui parler du carnet...

Cette discussion avec mon frère a quand même porté ses fruits. Gabin et moi nous sommes rapprochés, tout en douceur. Presque imperceptiblement. Je n'étais plus juste la petite sœur, j'avais vraiment expérimenté la cour des grands ! Et en cela, j'avais droit à plus de considération. En plus, ma chambre est devenue un précieux repli stratégique pour lui. Sans surprise, les résultats de ses partiels de physique ont été mauvais. Du coup, il a évité de croiser les parents. En clair, pour rester loin de mon père, il a évité le canapé et la télé. Pour ma mère, cela a été plus compliqué. Elle a le don de venir vous dénicher dans les recoins de votre chambre avec son air « je-suis-ta-mère-je-te-comprends » quand vous n'avez surtout pas envie de ces discussions. Comme j'avais en ce moment la conversation d'une pierre tombale, ma chambre était le seul endroit qu'elle n'investissait pas. Gabin a donc pris l'habitude de « passer », comme ça. Toujours en frappant ! Il feuilletait mes bouquins, me donnait à l'occasion un coup de main en maths et surtout me questionnait, l'air de rien, sur la vie à l'école.

Nous n'avons que trois ans d'écart mais apparemment pas les mêmes souvenirs du secondaire. Les cellulaires existaient bien sûr à son époque, mais leurs capacités technologiques étaient limitées. Je me demandais parfois comment lui aurait réagi s'il avait été pris au cœur d'une histoire comme la mienne. Il n'aurait sans doute pas photographié le cul des grosses, mais j'étais convaincue que la blague l'aurait bien amusé et qu'il se serait empressé de la diffuser. Dans ces instants-là, j'avais envie de le ficher dehors. Alors je me concentrais sur ce qu'il racontait, ses amis du cégep, ses soucis de cours et je voyais que mon frère possédait bien une once d'humanité. Merci Raphaëlle, quelle découverte j'ai faite grâce à toi ! Dommage que je ne puisse pas te le dire…

Je restais malgré tout lucide : mon frère et moi n'étions quand même pas en lune de miel. Cette complicité naissante disparaissait dès que nous nous retrouvions en public. C'est-à-dire essentiellement devant les parents. Et à table. Je n'avais plus droit à ses sarcasmes d'antan mais à ses regards de travers. Pas de doute, mon frère me surveillait. Plus précisément, il surveillait mon assiette. Dans sa concentration, il fronçait parfois tellement les sourcils que je l'imaginais calculant mentalement les calories que j'ingurgitais. Oh, je lui facilitais largement la tâche, on ne devait pas être au-dessus de cinq cents en fin de repas. Ce n'était pas le moment de perdre la maîtrise de ma ligne. Son attitude m'exaspérait vraiment. Je connaissais bien Gabin : quand il avait une idée en tête, il ne l'avait pas ailleurs ! Monsieur menait son enquête et je redoutais ses découvertes. Je ne le croyais pas capable de fouiller dans ma chambre sauf si… sauf s'il s'inquiétait pour moi. Ce qui apparemment était le cas.

– Manon, c'est du délire… Tu bouffes vraiment plus rien.

Le soir où il se décida enfin à m'en parler, Gabin, fidèle à lui-même, alla directement au but. J'étais à la fois soulagée et inquiète : nous allions mettre les points sur les i mais je ne devais pas éveiller sa suspicion.

– Tu peux pas dire ça, Gabin. Je mange de la viande…

– Tu parles, que du poisson et du poulet !

– Des fruits et des légumes…

– Que des légumes !

– Des produits laitiers…

– Que du lait écrémé !

– Tu m'espionnes ou quoi ? Tu notes, tu tiens un carnet ? (J'essayais de ne pas ciller en lui répliquant, mais je sentis mon ventre se contracter.) Je mange moins qu'avant, j'ai moins faim qu'avant et ça me réussit. En plus, je te rappelle que je suis une fille et, à ce titre, que je possède un estomac beaucoup moins large et résistant que le tien.

– Conneries tout ça. Tu te laisses crever de faim et je ne vois franchement pas pourquoi. T'as super maigri, t'as un *chum* qui t'aime comme t'es…

– Qu'est-ce que t'en sais ? Il est peut-être temps que tu t'occupes de tes affaires. J'y suis pour rien si tu te trouves trop petit pour le cégep et si tu regrettes tes années de secondaire, mais il est temps que tu me lâches !

Je l'ai apparemment vexé et, une toute petite seconde, je m'en suis voulu. Après tout, notre entente actuelle était vraiment agréable. Seulement il devait comprendre que mon poids et mon régime, c'était secret défense, attention chien méchant je mords : on ne s'en mêlait pas.

– Comme tu voudras, je dis ça pour toi !

– …

– N'empêche que t'as parfois un fichu de mauvais caractère !

– C'est de famille…

Chapitre 32

Si l'adolescence est vraiment l'âge des apprentissages, alors j'avais pris des cours accélérés cette année ! Nous étions seulement à la mi-février et j'avais déjà appris qu'on pouvait photographier un cul et l'envoyer sur des cellulaires, juste pour rire. J'avais appris qu'on pouvait vaincre ses obsessions de bouffe. J'avais découvert l'amour, le sexe aussi. J'avais retrouvé un semblant de frère. J'avais vécu la trahison enfin... Franchement, j'aurais pu passer en 5e secondaire seulement avec ça. C'était quand même costaud, non ?

Eh bien non, il manquait une rubrique de taille à mon dossier d'admission : le voyage initiatique...

Ce vendredi soir-là, soir des vacances de printemps, je consultais ma boîte de réception/déception, cherchant en vain une fois de plus un message de Kilomaître. Depuis que je lui avais demandé mon nouveau surnom, elle ne répondait plus à mes messages : encore une sur qui on pouvait compter ! Je l'avais intéressée tant que je me sentais mal dans mon corps. Après, basta ! Finalement, c'est peut-être elle qui me voyait le plus à travers mes kilos. D'ailleurs, elle ne m'avait même jamais demandé mon prénom, qui ne figurait nulle part sur mon blogue.

J'avais beau me ressasser la liste exhaustive de bonnes raisons de me ficher de son silence, Kilodrame/maître me manquait. Elle avait été si présente, si rassurante... si convaincante quand je doutais.

Ma mère est entrée dans ma chambre. Elle s'est assise au bout de mon lit, a tiré sur les pans de son chemisier. Oh là ! Je n'avais aucune idée de l'ordre du jour, mais c'était important !

– Manon dis-moi… T'as rien de prévu demain ?

– Ben si, je vais à la piscine avec Pauline… Et je dois voir… quelqu'un l'après-midi. Pourquoi ?

– Tu pourrais annuler ? C'est important…

Ça devait l'être pour qu'elle ne me demande pas illico qui était ce « quelqu'un ». Je voulais bien annuler mon rendez-vous avec Thomas. Nous risquions de nous trouver seuls chez lui, j'avais mes règles et la situation me gênait. Bizarrement, c'est la piscine que je n'avais pas envie de sacrifier. J'avais pris goût à cet effort, il me semblait indispensable au maintien de mon poids de forme.

– Pourquoi tu me demandes ça ? Florence a appelé ? Il faut garder Amandine et Hugo ?

– Non… pas du tout ! Je voudrais… je voudrais t'emmener quelque part. Voir… Voir quelqu'un.

Pauvre Maman, ça semblait bien compliqué ! Je me demandais ce qu'elle avait pu encore prévoir. J'étais bien décidée, moi, à ne pas me contenter d'un « quelqu'un » mystérieux.

– Qui ça ? Où ça ? On peut pas y aller entre deux ? T'as vraiment besoin de moi ? Demande à Gabin, il a le permis maintenant, il conduira avec toi !

Je l'avoue, je m'amusais de la voir s'empêtrer ainsi et je n'ai rien fait pour l'aider à s'en sortir. Elle a dû le comprendre. Elle a relevé la tête et m'a asséné d'un ton ferme :

– Appelle tes amis, annule la piscine et ton rendez-vous de l'après-midi. Nous partons pour Montréal demain matin, on en a pour la journée.

– Montréal ? Tu rigoles ou quoi ? Mais qu'est-ce qu'on va faire à Montréal ?

Tombée de rideau !

Le public pouvait toujours siffler, l'actrice, droite et fière, avait fait sa sortie et ne répondrait à aucun rappel. J'ai fulminé, tapé du pied, lancé mon pauvre lion râpé contre le mur.

Puis je me suis ravisée. Ma mère avait l'air tellement mal à l'aise quand elle était entrée dans ma chambre. Si hésitante dans son discours. Cela ne lui ressemblait pas. Je ne savais pas pourquoi elle voulait que je l'accompagne à Montréal, mais j'ai compris que c'était important. Peut-être allait-elle me présenter mon vrai grand-père biologique... ou une sœur fâchée avec la famille depuis vingt ans... J'ai annulé mon programme du lendemain. J'ai d'abord appelé Pauline, puis Thomas, pour avoir le temps de discuter longuement avec lui.

Nous sommes parties tôt le lendemain matin. J'étais énervée d'avoir dû me lever comme pour un jour d'école ce premier jour des vacances, je redoutais l'inévitable resto du midi où je refuserais de manger et décidai donc de faire très ostensiblement... la gueule. *Vas-y Maman, il faudra t'y reprendre à deux fois si tu veux que je te fasse la causette !* Peine perdue : ma mère ne tenait pas particulièrement à rompre le silence. Elle n'avait même pas allumé le lecteur CD. Je n'avais pas emmené mon MP 3 et j'ai dû me décider à choisir un CD dans sa pochette de rangement pour ne pas faire toute la route bercée par le simple bruit du moteur.

Nous avons rejoint l'autoroute 10, fluide en ce jour de week-end.

Silence.

Dépassé Bromont.

Silence.

Approché Montréal.

Premiers toussotements maternels.

Une pancarte sur le bord de la route m'informa que l'Oratoire Saint-Joseph était la destination par excellence pour les touristes du monde entier et, un instant, j'ai eu peur que ma mère m'ait juste embarquée pour une visite touristique. Tous ces kilomètres pour brûler un cierge ! Elle a snobé la sortie qui affichait un joli dessin de cathédrale. Elle a mis son clignotant à l'annonce de la sortie 62 en direction de Verdun. Elle s'est raclé le fond de la gorge, sans doute pour dégager le chat qui devait y roupiller tranquillement. Par précaution, ma mère avait embarqué son GPS mais elle n'en a pas eu besoin. Elle semblait avoir bien étudié son itinéraire. Ou était-elle déjà venue ? Je finissais par me prendre au jeu de cette destination mystère. Finalement, elle s'est garée devant un café : Les Amis de Caro.

– C'est là, a-t-elle dit, très simplement.

Là ? J'avais fait une heure et demie de voiture pour aller dans un café ? Non, ça n'était pas drôle !

– Tu m'expliques maintenant ce qu'on fout là ?

– Manon, surveille ton langage !

C'est vrai, ce n'était pas dans mes habitudes d'être grossière. Mais je voulais la contraindre à sortir de ses gonds, à arrêter cette mise en scène qui commençait à m'énerver sérieusement. Elle s'est enfin décidée à me fournir une explication.

– Manon, il faut que je te parle de quelqu'un. Quelqu'un que tu connais… Enfin pas vraiment… C'est compliqué !

Un nouveau grand-père ? Sa sœur cachée ? Un ancien amant ?!?

– J't'écoute.

– Nous avons rendez-vous dans ce café… avec la mère d'une de tes amies. Enfin, une fille que tu as rencontrée par ton blogue.

– Mon blogue ? Mais comment tu sais pour mon blogue ?

Comment ma mère avait-elle pu découvrir mon blogue ? Qui lui en avait parlé ? Je ne l'avais jamais dit à personne, même pas à Raphaëlle ! Ou alors c'était Gabin qui avait fouillé sur mon ordina…

– Manon, je vais tout t'expliquer. Mais il faut que tu m'écoutes… Que tu te calmes et que tu m'écoutes.

Me calmer, bien voyons !

– J'ai reçu la semaine dernière un coup de fil d'une femme que je ne connaissais absolument pas : une certaine Sylvie Birghan. C'est elle que nous allons rencontrer. C'est la mère de la jeune fille qui te laissait des commentaires sur ton blogue. Tu sais, elle se faisait appeler Kilodrame ?

« Kilomaître » Maman, mais je t'en prie, continue : tu m'intéresses.

– « Kilodrame », c'est un pseudo…

– Ça alors ! ironisai-je.

– Manon, s'il te plaît. Ne me complique pas la tâche. Ce n'est pas facile.

Afin de m'empêcher de l'interrompre à nouveau, ma mère a pris une grande inspiration et a lancé d'une traite :

– Émilie – c'est son prénom – Émilie est malade. Elle est hospitalisée ici à Montréal depuis plus d'un mois. Elle souffre d'anorexie mentale. Et ses parents, qui ont trouvé vos courriels sur son ordinateur, pensaient que tu l'étais peut-être aussi.

Chapitre 33

Émilie / Kilodrame était anorexique.

Ma mère venait de rouler une heure et demie pour m'avouer qu'elle croyait que je l'étais aussi.

Je n'avais déjà pas apprécié d'être embarquée ainsi sans plus d'explications. Mais là, je me sentais littéralement prise au piège :

– Maman, qu'est-ce que t'as manigancé ?

– Je n'ai rien manigancé, comme tu dis. J'ai reçu un coup de fil, c'est tout. La mère de ton amie… de cette fille… a tenu à me raconter ce qui leur était arrivé. Figure-toi qu'elle s'est inquiétée pour toi.

– De quoi elle se mêle ?

– Il faut croire qu'elle avait raison. Ce sont les médecins de sa fille qui lui ont dit que tu étais peut-être toi aussi en danger, qu'il fallait te retrouver.

– En danger de quoi ? Regarde-moi ! J'ai l'air de crever de faim ?!

D'un geste brusque, j'ai rabattu le pare-soleil pour me regarder dans la petite glace qui y était fixée. J'ai vu mon visage en colère, dans cette voiture garée devant un café sordide. C'est vrai que j'avais les traits tirés, le teint blanc. Mon régime m'épuisait sans doute un peu. Mais de là à me mettre en danger, c'était ridicule !

– Manon, n'exagère pas s'il te plaît. Ce n'est pas facile. Les médecins ont souhaité te parler, c'est tout. Te raconter ce qui était arrivé à… ta copine. Ils ont pensé que vous pourriez peut-être vous rencontrer…

Juste me parler ? Je me rendis alors compte de ce qui avait provoqué une colère si forte : un instant – un court instant – j'avais redouté que ma mère me laisse aussi à l'hôpital. Elle l'a compris en même temps que moi :

– Oh Manon, ma chérie ! Tu n'as quand même pas cru que je voulais te faire interner aussi ?

« Internée », Kilodrame était « internée »…

– Oh non, mon amour ! Je voulais juste… que tu découvres tout… que tu aides cette fille si tu le veux, si tu le peux… que tu comprennes.

– Alors pourquoi tu ne m'as pas raconté tout cela hier soir, à la maison ?

C'était vrai, ça : pourquoi ?

– Je croyais… je pensais que… Tiens, ça doit être la mère de ton amie !

Sauvée par le gong : à une table juste derrière la baie vitrée, une dame venait de se lever et faisait de grands signes dans notre direction.

Nous sommes entrées dans le café. Pas d'amis de Caro en vue, à moins que ce ne soit ces deux piliers de bar affalés au comptoir et cette femme qui nous invitait d'un geste à sa table. Nous nous sommes saluées, jaugées. J'ai senti que le courant passait immédiatement entre ma mère et elle. Logique, ma mère devait s'en faire une alliée. Je suis restée sur mes gardes. J'attendais son attaque, ses premières questions. Cette dame avait une voix très douce, loin de la dureté que j'imaginais dans celle de Kilodrame… d'Émilie…, quand je la lisais.

– Bonjour, appelez-moi Sylvie ! Enchantée…

Elle ne nous laissa pas le temps de lui répondre :

– Manon, ce que j'ai à te dire n'est pas facile. Je pense que tu ne connaissais Émilie que par Internet, mais en lisant vos messages, on devine les liens qui vous unissent.

Comment ça en lisant nos messages ?…

Je n'étais pas idiote, je savais que cette femme n'allait pas seulement pleurer sur la santé de sa fille. Elle venait me mettre en garde sur les dérives d'un régime draconien. Et mettre ma mère au parfum par la même occasion : le carnet, la liste, tout allait forcément y passer. On me demanderait des comptes… et des preuves matérielles. Elles voudraient voir le carnet. Je n'y étais pas préparée, mais je ne me laisserais pas intimider, même si elles s'y mettaient à deux. Finalement, je me réjouissais que cela se passe en terrain neutre, loin du placard où le carnet était maintenant dissimulé.

Étrangement, ma mère n'osait pas lancer la conversation. Je m'attendais à ce qu'elle attaque plus vite. Peut-être me connaissait-elle suffisamment pour savoir que je ne dirais rien. Je crois aussi qu'elle s'en voulait un peu. Malgré son amour, son ouverture d'esprit et ses bonnes lectures, elle n'avait pas senti mon éloignement, cherché à comprendre comment je maigrissais, perçu le danger. C'est une inconnue qui le lui avait appris… et dans quelles circonstances !

Je m'attendais à signer des aveux sur la table en stuc de ce café miteux mais la mère de Kilodrame – Kilomaître, Émilie quoi ! – s'est montrée bien plus fin stratège. Ou, tout simplement, l'histoire de sa fille était-elle plus importante que la mienne. Elle a posé deux photos sur la petite table.

Avant/après.

Sur la première, on voyait une jeune de douze, treize ans peut-être. Elle avait des cheveux mi-longs châtains. La grande mèche de devant avait été passée à la bombe rouge. Sur le bord droit de la photo, on apercevait la moitié du visage d'une copine qui, elle, avait opté pour une chevelure bleue. La copine donnait l'impression d'avoir voulu échapper à la dernière minute à l'objectif. Émilie, elle, rigolait franchement.

– C'était son voyage de fin d'année en 1re secondaire. Un an et demi avant que la maladie ne commence, nous apprit-elle.

La deuxième photo... la deuxième photo aurait pu être tirée d'un livre sur la Shoah. Émilie avait les traits tirés, les yeux enfoncés dans leur orbite et les joues creusées de ces déportés photographiés à la libération des camps. Elle portait un jean dans lequel elle flottait. Ses cheveux avaient cette fois leur teinte naturelle mais avaient perdu tout éclat. Quel âge avait-elle à ce moment ? Difficile à dire.

– C'était Noël dernier. Deux mois avant l'hôpital.

L'hôpital... Tout doucement, les pièces du puzzle se mettaient en place. Kilodrame ne m'avait pas abandonnée. Elle n'avait sûrement plus eu accès à un ordinateur et encore moins à ses courriels. Je me sentais indécemment soulagée. Kilodrame ne m'avait pas abandonnée, elle ne m'avait pas abandonnée, pas abandonnée...

– Ça va Manon ?

Ma mère a dû remarquer que j'étais perdue dans mes pensées. Sylvie, elle, ne décrochait pas les yeux des photos de sa fille. Sans jamais les relever, sans nous accorder le moindre regard, elle s'est lancée dans un récit d'une voix monocorde :

– Émilie était une enfant comme les autres. Elle était gaie et boudeuse, drôle et pénible quand elle en avait envie. Côté physique, aucune particularité. Elle était rondelette mais elle n'était pas grosse. Ça a été la même chose quand elle était ado. Seulement, elle avait des copines très minces et elle s'est mis la pression. Elle devait leur ressembler sinon elle serait hors du coup. À la maison, on la charriait gentiment (ce fut le seul instant où je crus percevoir un léger tremblement), mais on ne la prenait pas au sérieux.

« Au début, en supprimant les bonbons et autres cochonneries, elle a maigri sans souci. Elle était franchement très bien. Mais ça ne lui a pas suffi. Alors elle s'est déclarée végétarienne. Rien à voir soi-disant avec sa ligne, c'était une affaire de conviction. Puis elle a décrété que les vaches laitières étaient maltraitées : elle a boycotté le lait et les fromages. Les poissons étaient gavés dans les élevages : elle les a exclus. Elle n'a pas pu prouver que les pommiers et autres arbres fruitiers souffraient de la moindre maltraitance, elle en a mangé tant que ses intestins l'ont supporté. Au final, il ne lui restait que les légumes.

« En deux ans, son poids est passé de soixante-deux kilos à trente-trois. Elle a été hospitalisée en fin de 3e secondaire. Elle a pu faire sa rentrée normalement en 4e et on a tous cru que le cauchemar était fini. Mais c'est revenu. Doucement. Elle avait soi-disant toujours mangé avant nous, le repas de la cafétéria lui suffisait : les excuses ne manquaient jamais. Nous avons quand même accepté de voir que ça allait mal de nouveau, nous avons voulu la faire admettre à l'hôpital, mais elle a refusé. Ça a été des cris, des insultes tous les soirs. Elle se tuerait si elle y retournait, nous aurions sa mort sur la conscience, le problème ce n'était pas son poids mais cette école pourrie. Alors nous la lui avons fait quitter. Elle a suivi des cours par correspondance et, comme elle a eu de bons résultats, on a cru que c'était bien l'école le problème.

« Je travaille, mais je ne voulais pas laisser Émilie seule toute la journée, alors je suis rentrée manger avec elle. Là encore ma fille a été très forte. Elle a pris l'habitude de se lever très tôt, soi-disant car elle se concentrait mieux sur ses cours. Du coup, elle déjeunait toute seule et, quand je rentrais le midi, elle me disait qu'elle avait déjà mangé. C'était d'ailleurs plausible. Depuis qu'elle n'allait plus en cours, Émilie avait pris en charge l'alimentation de toute la famille. Elle pouvait faire les courses aux heures creuses. Elle cuisinait beaucoup et veillait toujours à enlever une part, pour faire croire qu'elle en avait pris. Sauf sur les gâteaux bien sûr, elle ne nous prenait pas pour des idiots…

« Le matin, elle travaillait puis se promenait une heure. Tout cela nous paraissait parfaitement rôdé et il nous a fallu du temps pour admettre de nouveau que non seulement elle ne grossissait pas mais qu'elle maigrissait encore… Elle a été encore menacée d'hôpital, forcée à manger. J'ai pu prendre un mi-temps pour m'occuper d'elle. Ma fille aînée, à l'Université, essayait aussi d'être là autant que ses études le lui permettaient. Émilie ne supportait pas cette surveillance et elle nous disait qu'elle se sentait libre seulement quand elle allait marcher, toujours seule. Mais au moins, elle mangeait. Des petits pots de bébé, des boudoirs et de la compote de pomme qu'elle préparait elle-même, sans le moindre sucre. Cela a suffi bien sûr à la faire regrossir, elle était tellement affamée depuis des mois. Nous étions tous un peu soulagés, sauf elle bien entendu. »

À ce moment du récit, m'est revenu en tête un autre message de Kilodrame. Celui où elle m'annonçait que son poids ne concernait plus que sa famille et les médecins, elle ne voulait plus qu'il bouge…

– Alors elle a continué ses balades. Seulement, au lieu de marcher, elle s'est mis en tête de courir, pour perdre ce qu'elle reprenait. Un peu, puis de plus en plus. Elle finissait toujours par une marche, pour ne pas rentrer trop essoufflée, et nous affirmait qu'elle avait les joues rouges à cause du froid. Après tout, c'était encore l'hiver. Un jour, début avril, elle a couru plus vite que les autres matins… Elle a eu un malaise cardiaque. C'était dans un parc où il y avait du monde et les pompiers sont intervenus très vite. Ils ont pu la réanimer mais son cœur s'était quand même arrêté une seconde. Émilie est restée une semaine en service cardiologie, puis elle a intégré de nouveau l'unité psychiatrique…

La mère d'Émilie n'avait pas eu un haussement de voix pendant tout son récit, pas un tressautement de la main qu'elle maintenait sur la deuxième photo. Mais maintenant, elle pleurait en silence.

J'étais trop sous le choc pour ressentir quoi que ce soit. Je n'avais en tête que cette date : « début avril ». « Kilomaître », comme elle s'était elle-même intronisée, n'avait jamais répondu à mes messages parce que son cœur avait lâché quand elle m'avait annoncé son nouveau surnom.

Chapitre 34

Et maintenant quoi ?

Qu'est-ce que j'étais censée faire / dire / penser ?

Un instant, un court instant, j'ai oublié que je n'étais pas seule. Puis j'ai vu ma mère poser sa main sur celle de cette femme et la serrer délicatement.

– Nous sommes désolées, nous sommes sincèrement désolées…

Toujours la force du « nous »… Pour la suite, ma mère a préféré s'exprimer en son nom propre mais cela m'a semblé très naturel.

– Je vous suis particulièrement reconnaissante d'avoir cherché à nous retrouver. Je n'ai pas de mots pour exprimer ma compassion, à part peut-être ceux-ci : votre récit, Sylvie, m'a glacé le sang. Très égoïstement. Vous devinez pourquoi. (La franchise de ma mère me sidéra mais ne sembla pas ébranler la mère d'Émilie.) Dites-moi, comment êtes-vous remontés jusqu'à ma fille ?

« Sylvie » avait sorti un mouchoir et s'essuyait les yeux tout en veillant à ne pas faire couler son mascara. Sur le coup, cette précaution me parut grotesque : comment pouvait-on veiller à son maquillage quand on craignait pour la vie de sa fille ? Puis j'ai envoyé chier Manon et ses grands principes. La vie continuait, c'était tout.

– Il nous a fallu un bout de temps pour entrer sur le disque dur de l'ordinateur d'Émilie. Dans un premier temps, nous ne voulions surtout pas profaner son temple. Elle passait tant de temps derrière son écran ! Puis les médecins nous ont fait comprendre que c'était important. Que les anorexiques se retrouvaient souvent en réseau.

Kilodrame répondait toujours tout de suite à mes messages, au point que je l'avais imaginée un peu sauvage et… complexée, soyons franche. Comme moi….

– Quand elle a été hospitalisée une fois de plus, j'ai voulu tout savoir. Mon mari, non. Moi, j'avais besoin de comprendre ce qui se passait, comment nous avions pu être aveugles à ce point. Est-ce qu'elle avait cherché à nous prévenir ? Est-ce qu'elle avait demandé de l'aide ? À qui ? J'ai voulu consulter sa messagerie, voir les sites qu'elle fréquentait. Émilie n'avait jamais demandé de l'aide, bien au contraire. Elle proposait la sienne !

Le ton de cette femme s'était soudainement durci : la mère reprenait le dessus.

– Et c'est là que tu entres en piste, Manon. Émilie avait soigneusement archivé tous vos échanges. J'ai retrouvé un dossier spécial « Grauku ».

Elle avait prononcé le mot sans broncher. Ma mère, elle, sursauta. Pauvre Maman, elle n'était donc pas encore au courant pour ce surnom ? Elle n'avait pas lu mon blogue ? Alors elle ne savait encore rien, ou presque rien ? C'était à mon tour de me montrer fine :

– Et qu'est-ce qu'il y avait dans ce dossier ?

– Il y avait un document qu'elle avait intitulé « Le carnet de Grauku », où elle avait dressé la liste des aliments que tu as supprimés de ton alimentation.

– Mais je ne lui ai jamais dit !

Ma mère nous écoutait, interloquée.

– Apparemment, elle les avait devinés. Ou avait essayé. Il y avait aussi une courbe de ton poids et…

La mère d'Émilie marqua un temps de silence.

– Il y a un autre document Word, reprit-elle. Elle y spécule sur tes « capacités », comme elle les appelle. Sur ton physique aussi, sur tes fesses, leur volume. Oh Manon, ça me fait mal de te dire toute la vérité comme ça, mais il fallait que tu saches !

Oui, il fallait que je sache…

– C'est pas grave, vous avez raison : je dois savoir.

Et je n'étais pas la seule. Ma mère était livide. Elle n'avait pas osé interrompre notre conversation mais je devinais à sa mine horrifiée qu'elle en supporterait difficilement plus. C'est pourtant cet instant que choisit la mère d'Émilie pour s'adresser à elle. Elle a ouvert le grand fourre-tout qui lui servait de sac à main, en a retiré une grande pochette à élastique. Bleu turquoise, drôle de hasard.

– Il y a dans cette pochette tous les documents dont nous venons de parler. J'ai tout imprimé pour que vous les ayez, que vous puissiez les lire.

J'ai compris trop tard ce qui se passait. Cette femme balançait à ma mère toute mon histoire avec sa fille. J'ai tendu la main pour saisir la pochette, mais elle a écarté le bras :

– Manon, je suis désolée. Ce n'est pas pour toi. Tes parents te les montreront, mais je veux d'abord être sûre qu'ils aient tout lu.

– Vous n'avez pas le droit, c'est mon histoire ! C'est de la…

Je n'avais pas envie d'utiliser le mot une fois de plus. J'en avais abusé ces derniers temps, au point de le déformer.

– Une trahison ? Tu as raison et je regrette de t'infliger cela. Mais crois-moi, je regrette encore plus de ne pas avoir su trahir ma fille.

Un long silence s'est abattu sur notre étrange trio. Ma mère tenait la pochette bizarrement : sa prise était ferme mais elle donnait en même temps l'impression que son contact lui brûlait le bout des doigts. Elle l'a finalement reposée sur la table :

– Sylvie, je vais lire plutôt deux fois qu'une tout cela. Mais pour l'instant, je vous la laisse. Oh, pas longtemps rassurez-vous, une dizaine de minutes, un peu plus peut-être. Je... je voudrais vous laisser vous entretenir seule avec ma fille. Elle a peut-être des questions à vous poser, pas sur la maladie d'Émilie, mais sur Émilie... Je ne veux pas qu'elle m'imagine pendant ce temps-là lisant la pochette et je le ferais forcément si je la garde.

Tout en parlant, ma mère s'est levée.

– Je vais marcher un peu... Manon, tu as ton cellulaire ? Tu m'appelles quand... Sylvie, merci.

Elle est sortie. J'ai regardé s'éloigner cette silhouette que je connaissais par cœur et j'ai eu le sentiment de la voir vraiment pour la première fois.

Je me suis retrouvée seule avec cette inconnue, dans ce triste café. Bien loin de mon univers. Bien loin de ma vie. Bizarrement, « Combien pesait Kilodrame quand elle a eu son malaise ? » était la première question qui me venait à l'esprit. Puis : « Quand le régime devient-il vraiment dangereux ? Mortel ? » Les mots résonnaient dans ma tête, mais je n'arrivais pas à les articuler. Je réduisais moi aussi Kilodrame à son poids, à un nombre...

– Trente-deux.

– Quoi ?

– Elle pèse trente-deux. C'est bien ça que tu voulais me demander, non ?

– Comment vous savez ?

– Parce que c'est ce que tout le monde demande toujours en premier… Le pire, c'est que je vois presque les gens calculer la différence entre leurs poids, leur poids idéal et celui de ma fille…

– Je ne calcu…

– Je sais Manon, pas toi. T'inquiète pas, ça ne me choque pas du tout.

La mère de Kilodrame sourit. Une légère courbure de ses lèvres fines, mais qui se répandit dans tout son visage comme une vague chaude. Même son regard auparavant si sombre parut s'illuminer un peu.

– Madame…

– Appelle-moi Sylvie, s'il te plaît.

– Sylvie... Vous croyez qu'elle… qu'elle… (Décidément, je me découvrais bien pudique soudainement. Où étaient donc passés ma franchise et mon légendaire sens de la répartie ?...) Vous croyez que je compte un peu pour elle ? Je n'en suis plus certaine.

Cette toute petite question m'avait essoufflée. Mais je l'avais posée. Et je sentais que j'avais abattu un mur.

– Oui Manon. J'en suis sûre. Tout ce qu'on découvre aujourd'hui nous choque vraiment. On pourrait croire qu'Émilie a voulu t'embarquer avec elle dans son voyage vers… vers la fin.

Mais je sais que ce n'est pas le cas. Que pour elle, c'est dans son paradis qu'elle t'emmenait. Elle avait senti dans ton blogue toute ta détresse, mais aussi toute ta sensibilité. Ta force aussi. Quand tu liras ses fiches, Manon, ne t'arrête pas à la forme. Tu comptes pour Émilie bien plus que ses amies « en chair en en os » si on peut dire.

Sylvie se tut un instant. Son sourire s'évanouit.

– Elle n'a d'ailleurs plus d'amies. Pas une n'a tenu le coup... et je ne leur en veux pas. Non seulement Émilie n'avait plus la force physique d'entretenir une amitié, de sortir et tout mais, en plus, elle était devenue irascible, intolérante. Pénible, quoi.

– Vous savez, Grauku, ce n'est pas moi qui l'ai créée. Enfin si, mais non... Pas seule. Ce sont les autres, c'est cette photo qui...

J'éclatai en sanglots, aussi soudainement que j'avais ressenti le besoin de me justifier à ses yeux sur mon surnom, sur mon carnet sans doute.

– Ça aussi, je le sais, Manon. Émilie non plus n'avait pas demandé à être cataloguée hors-jeu parce qu'elle était... un peu enrobée. J'ai su qu'un garçon avait refusé de sortir avec elle parce qu'elle était trop grosse à son goût. « Moi encore, ça passerait mais mes amis se ficheraient trop de ma gueule » : voilà ce qu'il lui avait répondu quand elle lui avait carrément posé la question. Il paraît pourtant que c'est un garçon bien et je crois qu'ils se plaisaient vraiment. C'est en tout cas ce que m'a assuré la copine d'Émilie qui me l'a raconté. C'est dur à imaginer, non ?

Non, pas pour moi... Alors, sans bien comprendre pourquoi je faisais cela, j'ai tout raconté à cette femme. Cette inconnue une heure plus tôt en savait maintenant plus sur moi que quiconque. Même à sa fille, je ne m'étais pas livrée à ce point. Elle a écouté sans broncher.

– Manon, ce que t'ont fait ces filles est tout simplement ignoble. Il n'y a pas d'autre mot pour désigner leur geste. Mais j'ai le sentiment qu'au final, ce ne sont pas elles qui paient la facture. En tout cas, pas cette Justine et cette Lisa. Mais toi. Toi et ta meilleure amie. Je ne vais pas te prêcher le pardon, ce n'est pas mon genre. Mais ne reste pas seule. Il y a des professionnels qui sont là pour t'aider. Des gens valables. J'aurais aimé qu'Émilie les rencontre plus tôt. Et ne bousille pas ta relation avec… Thomas, c'est ça ?... à force d'amertume et de rancœur. Tu sais, les garçons n'aiment pas les filles qui ruminent !

Là, j'ai à mon tour esquissé un sourire. Cette dame avait raison ! Je n'étais plus un gros cul mais un concentré de rancœur et d'amertume.

– Vous ne raconterez pas à ma mère, pour la photo, je peux compter sur vous cette fois ? (J'insistais bien : je lui en voulais d'avoir dévoilé le carnet à ma mère et je devais le lui dire.)

– Manon, je ne te demande pas d'accepter ou même de comprendre mon geste de tout à l'heure. Mais je sais une chose : tu ne t'en sortiras pas toute seule. Je te rassure, tu es loin d'être dans l'état dans lequel se trouve Émilie. Mais tu dois inverser la tendance. Côté nourriture, je veux dire. Et cela ne veut pas dire forcément regrossir…

– Arrêtez ! Vous savez bien que si… J'ai perdu mes derniers kilos à l'arraché, ils reviendront au premier steak !

– Alors ça voudra dire que ton corps en a vraiment besoin !

– Conneries !

Ce débat me paraissait tellement déplacé. Sa fille était hospitalisée pour anorexie et on philosophait sur mon régime.

– Écoute, on peut tout à fait gérer son alimentation sans s'affamer. On peut manger de la viande sans devenir obèse.

Mais je sais bien que je parle dans le vide. Ma fille risque de mourir de faim, je ne veux pas que cela t'arrive. Tu penses peut-être qu'en venant ici, je libère ma conscience. Quoique... Tu n'es pas idiote, tu as bien compris qu'il y a plus que cela, que je me soucie vraiment de toi. (Son ton changea brutalement.) Et puis, je voudrais que tu fasses quelque chose pour... Émilie. Toi aussi, je veux que tu t'en sortes. Que tu n'atteignes pas le point de non retour. Mais si en plus tu acceptais de la voir... Enfin, pas juste la voir, bien sûr, lui parler... Elle ne sait pas... Je ne sais pas comment elle va... Enfin ce qu'elle risque de te dire... Elle est devenue si dure ! Mais je crois que tu peux l'aider vraiment.

La mère de Kilodrame... d'Émilie... s'emmêlait dans ses explications, dans ses sentiments, et elle m'inspira une coupable pitié.

– Je sais... je sais que vous faites tout ça aussi pour moi... et j'apprécie, ai-je marmonné. Je vais y penser...

– Je crois que tu peux appeler ta mère... Elle aussi pense que tu pourrais peut-être rencontrer Émilie aujourd'hui. Les médecins sont d'accord.

Tout cela avait donc été parfaitement orchestré et j'étais la seule hors du coup... Avec Kilodrame !

– Ouais... Oui, je vais l'appeler. Votre fille... c'est pas sa faute. Elle ne pouvait pas s'arrêter, même si elle en avait envie.

– Je le sais. Merci Manon. Il faudra prendre soin de toi.

Chapitre 35

Je n'ai pas eu besoin d'appeler ma mère sur son cellulaire. Elle était apparemment restée en vue de la mère de Kilodrame, car celle-ci lui fit un grand geste pour qu'elle nous rejoigne. Vingt secondes plus tard, ma mère plantait dans mes yeux son regard de mère inquiète, concernée et attentive. Trois qualités qu'elle résuma dans un poignant :

– Ça va, ma Manonette ?

Non, ça n'allait pas du tout. Sa « Manonette » n'était plus une enfant et n'appréciait pas d'avoir été manipulée à ce point. Quelle mise en scène ridicule ! Et inutile surtout… On se serait cru au cœur d'un de ces téléfilms programmés en début d'après-midi pour faire chialer la ménagère pendant son repassage.

Pour être tout à fait honnête, j'avais aussi la trouille de rencontrer Émilie. Comment se passeraient les présentations ? « *Salut Kilomaître, je suis Grauku !* » ? Nos surnoms m'apparurent soudainement dans toute leur monstruosité.

– Je vous propose d'y aller, les médecins nous attendent, hasarda la mère d'Émilie.

Ah, le programme avait été chronométré ?

Ma mère posa sa main sur mon épaule :

– Manon, je suis désolée. J'aurais aimé que tu n'aies pas à vivre tout cela. Mais je me suis dit que tu serais peut-être heureuse de rencontrer ton… ton amie. En tout cas, je suis convaincue que tu n'aurais pas voulu l'abandonner.

– Sans doute, mais tu n'avais vraiment pas besoin de faire une telle mise en scène. C'est ridicule, on se croirait dans une émission de ta Claire Lamarche. (J'ai soudain eu envie de grimper d'un cran dans la cruauté. Après tout, j'avais beaucoup encaissé depuis ce matin.) Dis-moi, c'est ça Maman ? Les caméras nous attendent devant l'hôpital ?

– Manon arrête, on parlera de ça plus tard !

– Mais non ! Allons au bout maintenant !

– Manon !

C'est finalement la mère d'Émilie qui a calmé le jeu :

– Je suis désolée. Sincèrement désolée. Si tu veux, on annule tout. Ce n'est pas un problème… Enfin, ce n'est pas si grave. Je comprends, vraiment. Je te jure que je comprends.

Son regard triste pourfendit ma carapace.

– Non… non ! On y va. Allez, on y va.

Nous avons repris la voiture, suivi celle de « Sylvie », la mère d'Émilie. Cette fois-ci, ma mère était intarissable :

– Manon, je regrette de t'infliger tout cela de cette manière. Je n'ai pas été très courageuse sur ce coup. Je crois que j'ai eu peur de ta réaction, de tes questions.

Le silence est d'or…

– Pour être franche, j'ai vraiment paniqué quand cette femme m'a appelée. J'avais bien remarqué que tu mangeais de moins en moins, que tu avais mauvaise mine. Mais de là à penser à l'anorexie… Dis-moi Manon, tu as toujours tes règles, hein ? Parce qu'il paraît que c'est un des symptômes.

J'aurais voulu me taire, me murer dans un mutisme sentencieux. Mais je n'ai pas pu me retenir :

– Maman, regarde-moi. Regarde-moi une seconde. Est-ce que j'ai l'air de peser 30 kilos ? (J'attrapai brutalement sa main posée sur le levier de vitesses.) Tâte, touche ces cuisses ! Tu sens les os saillants ? Et dis-moi, est-ce que tu t'es demandé une seule seconde si, moi, j'avais envie de voir cette fille ? Tu as pensé au fait que ce serait à moi de trouver les mots justes ? Vous y avez pensé, avec sa mère, avec les médecins ? Y'en a pas un seul à qui elle a semblé complètement loufoque, cette idée ?

Je n'en étais pas certaine, mais il me semblait que ma mère avait les larmes aux yeux. Sa voix chevrotait :

– Tu sais, Émilie va mieux. C'est pour cela qu'elle peut te voir. Mais si tu veux, on fait demi-tour, on rentre. (Pour m'en convaincre, elle mit son clignotant pour prévenir de son demi-tour.)

– Non, on rentre pas. Bien sûr que non. Je ne vais pas me sauver une fois de plus.

Je m'attendais à débarquer dans une grande propriété et à remonter une longue allée boisée. Au fond se dresserait une superbe bâtisse blanche. Quelques bancs sur la pelouse accueilleraient des patients et leurs familles : une vraie maison de fous comme on en fait dans les films. Nous sommes entrées dans l'enceinte de l'hôpital, nous avons contourné le bâtiment principal et nous nous sommes garées devant une bâtisse plus petite mais tout aussi terne.

La mère d'Émilie était une habituée des lieux : elle saluait chaque membre du personnel qu'elle croisait. Les semelles de nos chaussures crissèrent sur le lino grisâtre du couloir que nous remontions. Sur les murs, quelques rares affiches nous apprirent que la dépression était une maladie ou que le suicide était la première cause de mortalité des adolescents. Pas de doute, Émilie devait se plaire ici ! Nous avons pris un ascenseur. Pas une de nous ne parlait.

La porte s'est ouverte sur un univers tout à fait différent. À cet étage, les murs avaient été peints d'un vert vif. Dans de gros fauteuils bleus, des filles discutaient. Pas d'affiches moralisatrices en vue, mais des posters d'îles paradisiaques et de sommets enneigés. La mère d'Émilie nous a présentées au médecin et à l'infirmière de service.

– Bonjour Manon, m'a gentiment dit le docteur « Camille R. » comme l'annonçait son badge. Tu es d'accord pour rencontrer Émilie ?

– Oui. J'aurais préféré que le carton d'invitation arrive dans les temps.

Ma mère a haussé les sourcils, Sylvie a rougi, « Camille R. » a souri. Je ne sais pas pourquoi mais elle m'a plu.

– Alors allons-y, elle t'attend.

– Je voudrais y aller seule.

Une fois encore, les deux mères ont réagi ensemble :

– Tu crois vraiment que…

– Oui.

Ce n'était pas prémédité. Ce n'était pas non plus un combat d'honneur pour emmerder tous ces adultes qui m'avaient piégée, qui voulaient nous piéger toutes les deux. Cela m'est apparu comme une évidence : Kilodrame et moi avions bâti nos échanges en tête-à-tête, c'est ainsi que je voulais la rencontrer.

La médecin m'a adressé un grand sourire, a repoussé la mèche blonde qui lui cachait un œil :

– Elle t'attend.

J'ai pris une grande respiration, j'ai jeté un regard furtif à ma mère qui a cligné des yeux – parfois un simple geste vaut mieux qu'un long discours – et j'ai appuyé sur la poignée. J'avais envie d'être à la hauteur. Pas pour épater tout ce petit monde. Pas pour Émilie. Pas seulement en tout cas. Non, j'avais besoin de me prouver que j'étais quelqu'un de valeur. Digne du premier rôle. J'avais changé ! J'avais changé, non ? Alors pourquoi me sentais-je tout doucement redevenir…

… Grauku a refermé la porte derrière elle, sans se retourner. Kilodrame lui tournait le dos, debout devant la fenêtre. Elle portait un long chandail ample gris qui tombait sur un legging *noir mais Grauku se fit immédiatement la remarque que cette fille était très mince.* Non, pas mince, maigre… Maigre, bordel ! *Par réflexe, elle saisit ses cuisses entre le pouce et l'index. Oui, il y avait bien un monde entre ces deux filles. Entre elles, la vraie vie, le juste milieu.*

– C'est pas moi qui ai demandé que tu viennes.

C'est bon, les présentations étaient faites ! Kilodrame s'était retournée pour parler et Grauku nota que ce visage émacié était encore plus effrayant en mouvement. Et pourtant, la photo du café l'avait tétanisée. Jamais elle n'aurait pu lui faire la bise, ce qui était pourtant le scénario attendu d'une telle rencontre. Mais comme Kilodrame semblait se délecter de l'effet de surprise, Grauku décida de contre-attaquer :

– T'as pas demandé à me voir, mais je suis sûre qu'en ce moment précis tu calcules à vue d'œil combien de kilos j'ai bien pu perdre depuis que t'es là.

Grauku avait fait mouche, elle le sentit. Elle remarqua, posée sur la table, une feuille de menus. Apparemment, Kilodrame était censée cocher les plats de son choix parmi les protéines, glucides et sources de calcium mais la feuille était vierge, ou presque. Dans la marge, des petits bonshommes pédalaient sur de minuscules vélos, lisaient le journal un doigt dans le nez ou pêchaient à la ligne. Ils étaient à la fois très simples et très aboutis. Ils étaient surtout très drôles.

– Tu dessines bien, tu sais.

– Et toi tu écris pas mal. Tu écris même bien.

Que s'imaginaient-ils derrière, agglutinés contre la porte ? Que les deux filles parlaient régime, maladie ou chocolat ? Que l'une enviait l'autre ? Et vice versa ?

– T'en as d'autres, des dessins ?

– Oui, ils se sont lassés de ramasser mes feuilles de menus. La psy n'a rien su lire dans mes gribouillis.

– À croire qu'il n'y avait rien d'écrit !

À la dernière seconde, Kilodrame s'est retenue de rire. Comme si elle refusait à sa visiteuse ce signe trop ostentatoire de reddition. Mais Grauku sentit qu'elle avait gagné. Elle venait vraiment d'ouvrir la porte. Plus encore, elle comprit que cela la flattait. Elles ont parlé de choses et d'autres. De la maladie, un peu. Du secondaire. Émilie l'a questionnée sur la photo :

– Dis-moi, cette photo sur ton blogue, c'est pas toi qui l'as prise, hein ? Dans mon école aussi, y'avait des maudites photos qui circulaient.

Grauku sentit sa gorge se nouer légèrement :

– C'est ma meilleure amie qui a fait le coup.

– Merde…

– Tu l'as dit ! *Vite, il fallait changer de sujet.* Tu… Ça te manque pas trop, ton ordi ?

– Tu parles ! Tu sais, j'ai souvent pensé à toi ici. Je m'étais fait un devoir de t'aider, mais j'ai peur d'avoir parfois bien manqué de tact, à vouloir faire ma grande prof.

– C'est pas grave…

– T'as raison, c'est pas grave ! Alors pourquoi m'ont-ils enfermée ?

Grauku a éclaté de rire. Grauku a éclaté tout court. Émilie s'était assise sur le bord de son lit. J'ai attrapé la chaise près de la table et l'ai tirée vers elle. J'ai compris que je me sentais bien. Certes, mes yeux s'attardaient encore sur ces longs doigts fins, sur cette cheville pas plus large que mon poignet qui apparaissait quand elle croisait ou décroisait les jambes. Sur ces grandes joues creuses ou ces yeux enfoncés dans leur orbite. Mais j'avais en face de moi une fille malade, pas seulement une maladie. Et moi, Manon, j'avais fichu Grauku dehors. Mieux encore espérais-je : je l'avais lancée par la fenêtre, elle s'était fracassée sur le béton du parking de l'hôpital. Dans cette chambre, Émilie et moi nous sommes retrouvées à l'abri des regards. Partageait-elle ce sentiment ? Il me semblait que nous étions dans la vérité.

Rangez les mouchoirs ou ne les sortez pas : je n'ai pas découvert l'amitié avec un grand A. Je connaissais déjà. Nous n'avons pas non plus énoncé les bases d'une nouvelle philosophie de l'adolescence. Nos propos ont été somme toute banals. Je me suis fait la réflexion une fois ou deux qu'elle avait de drôles de goûts, en musique notamment. Elle avait aussi des avis très arrêtés, elle devait être pénible au quotidien ! Plusieurs de mes traits d'humour sont tombés dans le vide. Finalement, nous avons eu envie toutes les deux que cela cesse, mais pas une ne se décidait. Mon cellulaire a sonné. Émilie a esquivé un geste vers la poche d'où venait la musique.

– Dis-moi, tu pourrais pas me le...

Elle n'a pas eu le temps de finir sa phrase. Sans frapper, l'infirmière s'est engouffrée dans la chambre, suivie de nos deux mères :

– Émilie, tu ne peux pas téléphoner, tu le sais.

– Mais attendez, c'est mon cellulaire qui a sonné, c'est pas elle qui...

Émilie a eu un haussement d'épaules désabusé. Sa mère a baissé les yeux sur le lino usé. Ma mère m'a prise par l'épaule.

– Tu viens Manon, on a de la route.

Je n'ai pas voulu qu'ils s'en tirent à si bon compte :

– Dis-moi Émilie, va vraiment falloir que ma mère se retape la route pour qu'on rediscute ? On peut pas *tchater*, on peut pas s'appeler ? Je devais te guérir en un coup, comme ça ? Ils ont pas prévu la piqûre de rappel ?

Émilie n'a pas réagi. J'aurais aimé un demi-sourire, pour me dire « merci », « je sais que tu es avec moi ». Mais elle s'est levée sans même me jeter un coup d'œil. Elle s'est plantée devant la fenêtre, nous tournant le dos. Son long chandail ample gris tombait sur son *legging* noir et je me fis la remarque que cette fille était dangereusement maigre...

Pendant tout le trajet de retour, je n'ai pas décroché un mot. À charge de revanche. J'ai refusé le sandwich que ma mère m'avait acheté pendant ma visite. Elle a protesté, je me suis ostensiblement tournée vers la portière.

– Manon, il faudra bien que l'on parle de tout ça.

– Pas maintenant, lui ai-je finalement concédé.

Pour une fois heureusement, elle n'a pas insisté.

Chapitre 36

La nuit qui a suivi ma visite à Kilodrame, j'ai fait un terrible cauchemar. Je me sentais fondre, j'étais de plus en plus mince. Au début, je trouvais cela fantastique : je flottais dans mon jean. Imaginez un peu : non seulement je pouvais porter un jean, mais en plus il était trop grand ! Au point d'ailleurs de ne plus tenir sur mes hanches, de ne pas être arrêté par mes cuisses. Je le perdais, et je me retrouvais les fesses à l'air à l'école. J'avais beau tirer, rien à faire. Je marchais dans les couloirs le pantalon sur les chevilles et j'entendais les élèves s'esclaffer : « Vite, vite, une photo ! » Dans mon cauchemar, Raphaëlle était avec moi, nous n'étions pas fâchées. Elle me disait :

– Vite Manon, grouille. Il faut que tu manges, n'importe quoi, il faut que tu grossisses.

Je renonçais à lui parler du carnet et j'avalais tout ce qu'elle me proposait : du chocolat, un steak haché, des sushis, des pâtes (oui Raphaëlle avait tout cela sous la main, c'est l'avantage des rêves…). Seulement, rien n'avait de goût. Chocolat, légumes, viandes, pommes de terre (oui, vraiment tout ça…), je ne retrouvais aucune saveur. J'avais l'impression de manger du papier mâché (bien sûr que non, je n'ai jamais testé…). Kilodrame apparaissait, elle tenait mon carnet à la main. Elle avait l'air résignée :

– Allons Grauku, murmurait-elle, arrête. Tu ne peux pas, tu sais bien. Tu as noté sur le carnet, c'est fini. Tu es libérée de tous ces aliments, tu ne les sens plus.

Avisant mon jean qui tombait, elle ajoutait :

– T'inquiète pas, on s'habitue aux regards des autres. De toute façon, ils vont t'enfermer, tu seras tranquille.

À mon réveil, je ne savais pas ce qui m'avait le plus troublée : la virée à Montréal ou mon cauchemar. Mon père et Gabin sont partis faire un tour en vélo. J'ai proposé à ma mère de marcher un peu. J'ai anticipé ses questions.

J'ai été fidèle à mon engagement. Au moins en partie. J'ai expliqué à ma mère en quoi consistait mon régime, même si elle l'aurait de toute façon compris toute seule en lisant les documents laissés par la mère d'Émilie. Je lui ai demandé de ne rien exiger pour l'instant. OK pour prendre un avis médical, pour faire une prise de sang… un électrocardiogramme. Mais franchement, mon poids n'avait rien d'alarmant. La preuve, mon IMC, la sacro-sainte mesure du rapport taille / poids, était de 21, soit tout à fait normal. C'était fou quand même, je devais prouver que je n'étais pas trop maigre… Maigreku, ça sonne mal, non ?

Bien entendu, je ne m'en suis pas sortie à si bon compte. Dès le lundi soir, j'avais un rendez-vous chez le médecin de famille « qui-a-soigné-ton-premier-rhume ! ». Le mardi matin, j'avais droit à l'analyse sanguine à jeun.

Les résultats de la prise de sang ont révélé toute une série de carences. Il me fallait du fer et je manquais de magnésium. Heureusement, le médecin et mes parents ont accepté de me laisser prendre quelques compléments nutritionnels pour rectifier tout cela. Et moi, qui avais pourtant bien spécifié qu'on devait me ficher la paix, j'ai accepté de manger à nouveau le midi. Je resterais dans les aliments que je m'autorisais mais je savais que cela, combiné aux compléments, me requinquerait. Ce n'est pas pour mes parents, ou pour le médecin ou qui sais-je encore que j'acceptais tout ce cirque. C'était pour Émilie. J'avais, gravée dans la cervelle, l'image de cette silhouette si frêle près de la fenêtre quand j'étais entrée dans la chambre. « Efficace comme introduction ! », aurait reconnu ma prof de français.

Si je réussissais à entretenir un rapport normal avec la nourriture, Émilie s'en sortirait. J'en étais convaincue. Je lui porterai chance.

Après tout, je lui devais tant de choses…

Thomas pour commencer ! Il s'était intéressé à moi une fois que j'avais maigri. Thomas mon amour. Je ne pouvais pas non plus repousser indéfiniment la confrontation. Il avait compris depuis longtemps que quelque chose clochait, quelque chose *en plus* de la trahison de Raphaëlle. Mais il attendait que j'aborde le sujet la première. Je n'étais pas contre, sur le principe. Dans les faits, par où commencer ?

« *Thomas, tu avais eu la photo de mon cul ?* »

« *Thomas, quand as-tu commencé à t'intéresser à moi ?* »

« *Thomas, tu sais que je ne mange presque plus ?* »

L'occasion s'est présentée le mercredi après-midi qui a suivi la visite à Montréal. Décidément, quel programme chargé pour ces vacances ! Comme nous étions seuls, je me suis lancée :

– Thomas, je voulais te dire… Tu as remarqué que ça n'allait pas fort en ce moment. C'est que… que j'ai vu une amie proche samedi. Mon amie – elle s'appelle Émilie – est hospitalisée…

J'ai parcouru le chemin à l'envers. Émilie est devenue Kilomaître, puis Kilodrame, puis cette inconnue qui me contactait sur mon blogue à l'automne dernier. Et moi, au fil du récit, je reprenais mes kilos, je retrouvais la nourriture. Du moins en avais-je l'impression, car mon récit fut en fait bien plus décousu que cela. Comment parler du carnet ? Comment parler de mon gros cul sans évoquer Grauku ?

Thomas m'interrompait de plus en plus souvent :

– Tu n'avais jamais rencontré cette fille avant ?

– Tu ne manges plus de viande depuis plus de six mois ?

– Comment tu l'avais appelé, ton blogue ?

– C'est du délire, t'es folle, c'est délirant…

Il a tout remis dans l'ordre, il a tout compris. Et là, il ne restait plus que lui, moi, et mon poids…

La photo.

Le régime.

Son intérêt pour moi quand j'avais maigri.

Et la force des sentiments qui nous unissaient. Qui interdisaient désormais tout mensonge ou faux-fuyant.

– Thomas, t'as eu la photo ?

– Non… Mais je l'ai vue.

– …

– Manon, mon cellulaire n'a pas d'appareil photo, je ne pouvais pas la recevoir ! Mais je l'ai vue… comme beaucoup. Je peux t'assurer que j'ai trouvé ça nul, mais me croiras-tu ?

– Je te crois.

– À l'époque, j'te connaissais à peine. Pour moi, soyons honnête, oui, t'étais la fille aux grosses fesses qui traînait toujours avec la maigre.

Merde que cela faisait mal…

– Manon, je continue ?

NON !

– Oui, vas-y…

– Je veux pas en remettre une couche, mais vous formiez un drôle de duo toutes les deux. Et puis vous ne cherchiez pas vraiment à vous mêler aux autres. Vous nous preniez de haut…

Il n'avait pas tort… Et moi qui étais persuadée que j'avais toujours très bien joué la comédie en me scotchant en permanence un sourire « sympa et *cool* ».

– Je crois qu'on s'était même jamais parlé quand c'est arrivé. Après tout, on n'est pas dans la même classe, on vient pas de la même école…

Si l'on comptabilise les fois où tu t'adressais à un groupe dans lequel je me trouvais, nous nous étions parlé sept fois et demie exactement. La demie étant le jour où Raphaëlle et moi avons annoncé à votre bande que notre prof de maths commun était absent. Tu as répondu : « ah ouain ? » Ça compte, non, un awoin ? Mais je ne pouvais pas te le raconter.

– Thomas, tu serais sorti avec moi si j'avais pas maigri ?

– …

– Réponds- moi !

– Manon, tu sortirais avec moi si je pesais 100 kilos ?

– Eh bien merci, c'est comme ça que tu me voyais ? J'te remercie. T'as franchement pas le compas dans l'œil ! J'en étais loin, très loin, je te rassure !

– Manon, arrête, tu sais bien que ce n'est pas ce que je voulais dire. T'as jamais pesé ce poids-là. J'ai dit ce chiffre au hasard, vu ma taille. Mais tu rapportes toujours tout à toi…

Tiens, celle-là, il faudra bien que je me décide à la noter : ce n'était pas la première fois que je l'entendais…

– Oui, parfaitement, je serais sortie avec toi. Le physique, c'est pas…

– Manon, honnêtement.

Honnêtement ? Non… Je ne valais donc pas mieux que les autres. La démonstration n'était pas compliquée à faire.

– T'as raison.

Là, Thomas aurait pu m'enterrer. M'en remettre une bonne couche. C'était facile, j'étais déjà au sol. Mais ça n'aurait pas été Thomas. Il avait des choses à me dire, mais pas n'importe comment. Alors il a pris ma main dans les siennes, a embrassé le bout de mes doigts :

– Manon, tu veux que je sois franc, je vais l'être. Certains de mes copains – ça ne doit pas être des vrais amis d'ailleurs ! – m'ont demandé si je me perdais dans les plis de tes fesses. Les gars sont comme ça. Et les filles ne valent pas mieux. Ni toi ni moi, on n'échappe à la règle. Mais je crois qu'on a un truc en plus : une conscience, une sensibilité, qui nous différencient de Lisa et Justine. Ton amie Raphaëlle n'est pas comme elles non plus et, au fond de toi, tu l'as toujours su. Seulement voilà, lui demander pourquoi elle a fait ça, c'est accepter l'idée que tu ne la connaissais finalement pas si bien. En tout cas pas parfaitement.

J'ai vraiment, vraiment essayé, mais je n'ai pas pu retenir mes larmes. Elles coulaient en silence, reprochant à Thomas ce soudain réquisitoire. Il ne s'est pas dégonflé.

– Tu dois me trouver dégueu, ou injuste. Je crois que je suis juste lucide. Mais comprends-moi bien : ça ne change rien à l'amour que j'ai pour toi. Tu n'es pas parfaite, moi non plus. Mais je t'aime. Je t'aime vraiment. Et ça me fait mal de découvrir toutes les souffrances que tu as traversées pour te sentir bien dans ta peau, d'imaginer celles qui t'attendent avant d'être réconciliée avec la nourriture. Mais ce n'est plus le moment de régler des comptes, Manon. Je crois pas que c'est ce que ta copine… Comment elle s'appelle déjà ?

– Kilodrame…

– Ce qu'Émilie voudrait.

Chapitre 37

Il est bien mon *chum,* hein ? Il vous a plu ? Quelle maturité !

Dommage qu'il sorte avec une nulle comme moi.

Parce que je n'avais pas sa sagesse. J'avais enfin eu une conversation complètement honnête avec lui sur les sujets qui me torturaient. Et pourtant, j'en tirais un résumé qui manquait d'objectivité : il ne serait pas sorti avec moi si j'étais restée grosse, mon régime était délirant et j'étais une égocentrique qui jugeait les autres sans jamais se remettre en question. Je n'étais pas honnête, je le savais bien. Mais je n'arrivais pas à l'être.

Je ne lui ai pas montré que j'étais vexée. Cependant, ma réaction idiote risquait d'annihiler nos efforts mutuels de dialogue. Résultat : je fulminais et je culpabilisais en même temps. Je devais être bonne comédienne : Thomas n'a rien senti. Il me répétait sans cesse qu'il était content que nous ayons tout mis à plat, qu'il m'aiderait à gérer la nourriture, qu'il espérait que je penserais à ce qu'il m'avait dit sur Raphaëlle.

J'acquiesçais, je l'embrassais et j'enviais ce regard simple mais vrai qu'il portait sur la vie. Thomas appelait un chat un chat et non pas une boule de poils douce mais allergisante, qui de toute façon ne vient vers vous que pour avoir à manger… *Pour Grauku, ce n'était pas si simple.* Grauku ? Elle était de retour, celle-là ?

Tout se mélangeait dans ma tête et elle en avait profité. Coincée entre mes parents et Thomas qui me parlaient régime ou plutôt « contre-régime », je ne savais plus où j'en étais par rapport à la nourriture. Je devais, je ne devais pas… Ma mère avait lu les textes de Kilodrame, nos courriels. Mon père avait suivi. Quelle aubaine pour lui, ce condensé de la vie de sa fille en quelques pages ! Il se montrait très concerné, d'autant que lui avait toutes les peines du monde à respecter son programme anti-cholestérol. Et, une fois de plus, j'étais totalement injuste. Il m'aimait, il ne me voulait que du bien. Pour une fois, il me comprenait, mieux que les autres même. Pourquoi n'arrivais-je pas, moi, à m'aider un peu, à me comprendre un peu, à me ménager ?

Dehors, je souriais, je rassurais, j'écoutais, concernée. Oui, ça s'arrangerait.

Dedans, Grauku avait repris tout l'espace. Elle s'installait, mais sans chocolat ou biscuits pour la calmer. Sans Kilodrame pour la guider.

Kilodrame, voilà encore un point bien obscur de mes pensées. Cette fille avait été au centre de mon existence ces derniers mois et je ne savais même pas si nous étions simplement copines. Je n'avais pas apprécié son silence quand j'avais quitté la chambre. En même temps, c'était très futile. Ça m'arrangeait bien de lui en vouloir, ça m'évitait de m'inquiéter pour elle, de me questionner sur ce qu'on attendait de moi maintenant. Ce qu'*elle* attendait. Je n'avais aucune envie de retourner dans cette ville sinistre, de franchir la grille de cette prison médicale. De revoir ce visage déformé.

Alors la colère se mêlait au remords. Kilodrame s'était détruite. Où voulait-elle m'emmener ? Elle qui… Elle qui…

Elle qui m'avait offert ce dont j'avais toujours rêvé. Certes, sa méthode n'avait pas reçu l'« accord parental ». Mais elle avait fonctionné. Étais-je donc la gentille Manon sauvée des griffes d'une malade mentale ou la terrible Grauku qui regrettait son alliée de l'ombre ? Qui s'en était sortie grâce au « côté obscur de la force », aurais-je dit, il y a quelques années !

Ma mère a décidé que j'avais besoin d'aide. Que ni elle, ni mon père, ni mes amies ne pourraient me l'apporter. Mon père a approuvé. Il me fallait une aide extérieure. Un regard neutre. Il me fallait un psy, si si.

« Manon va mieux, elle est suivie. Avec quelle délectation mon père et ma mère prononceraient la formule magique quand ils auraient enfin retrouvé leur auréole de parents modernes !

À moins… À moins qu'ils ne s'inquiètent vraiment pour moi. J'avais encore du mal à envisager cette possibilité. Sans doute car elle faisait de mes parents des victimes aussi. Je revendiquais pour moi seule la douleur !

En toute honnêteté, je ne me suis pas farouchement opposée à cette « aide extérieure ». J'avais l'impression d'avoir mis ma petite vie terne dans la super machine à laver de ma mère ces derniers mois. Ah oui, elle lavait en profondeur, elle venait à bout des taches incrustées. Mais bonjour le programme essorage ! Plus de gras, des couleurs ravivées… et la tête à l'envers. Je voulais bien mettre un peu d'ordre dans tout ça.

C'est encore le médecin de famille qui a pris l'affaire en mains et donné à ma mère les coordonnées d'une psychologue. Il avait confiance en elle, nous en lui, ça ne pouvait qu'être fantastique. Ma psy s'appelait madame Glauben. Elle était compétente-reconnue-appréciée. Si avec ça je n'allais pas mieux ! Seule ombre au tableau : cette merveilleuse femme a gentiment répondu à ma mère au téléphone qu'elle n'avait pas de place pour un nouveau patient avant le mois prochain.

– Mais c'est urgent ! s'est indignée… a supplié… ma mère.

– Si le docteur Girard vous a adressée à moi, c'est qu'il estime qu'un mois est un délai tout à fait raisonnable dans le cas de votre fille.

Ma mère a fulminé et j'ai dû, en plus de mes idées noires, assumer ses regards sombres et inquiets.

Heureusement, le vendredi après-midi, pipidi papidi, pouhh !, ma marraine-la-bonne-fée est venue me voir. Sans sa baguette mais avec une vraie potion magique. Elle partait en vacances la semaine suivante et elle cherchait une gardienne pour partir avec eux. Une gardienne de confiance, qui permettrait à Stéphane – son mari – et elle de souffler vraiment.

– C'est un peu tard, Manon, excuse-moi. Mais on a vraiment besoin de souffler un peu, et avec les enfants, ça ne sera pas facile. Alors j'ai pensé à toi, et Stéphane a été emballé par l'idée.

Avais-je envie de passer une semaine avec elle en Virginie ? Avec rémunération en plus… Cette idée d'emmener une gardienne à la dernière minute m'a paru bizarre. J'imaginais plutôt le coup de fil de ma mère, son récit de la virée à Montréal, l'offre de Florence. D'abord, l'image des deux sœurs complotant dans mon dos m'énerva. Puis je pensai à Thomas : comment lui aurait-il pris cette offre ? « Ta mère se soucie de toi, ta marraine veut t'aider en passant du temps avec toi. Ça tombe bien, toi aussi tu adores sa compagnie. » Thomas a parlé plus fort que Grauku, j'ai accepté la proposition. De toute façon, Thomas partait chez son père en Gaspésie pendant cette deuxième semaine de congé, nous n'aurions pas pu nous voir.

Quand elle est venue me chercher, j'ai quand même expliqué à ma marraine que je ne pouvais pas manger de tout et qu'elle ne devait surtout pas m'en vouloir parce que, vraiment, c'était pas simple et que…

– Hé Manon, stop ! Je t'ai demandé quelque chose ? Non, alors ne panique pas. Ta mère m'a décrit dans les grandes lignes ce que tu mangeais, je crois qu'on devrait trouver du lait écrémé aux États-Unis, même si c'est du lait de soya !

Tout en parlant, ma marraine a frotté ma tête de la paume de la main. J'ai pris ce geste qui m'aurait agacé de la part de n'importe qui d'autre comme une preuve supplémentaire d'affection. Pourquoi la vie était-elle toujours plus facile en sa compagnie ?

Chapitre 38

Je partais dans une maison sans Internet, j'allais faire exploser le forfait de mon cellulaire en appelant Thomas, mais j'étais vraiment heureuse de m'éloigner de mon quotidien. Nous avons fait la route en voiture et là, j'ai compris que mes cousins n'étaient pas toujours des anges et ma marraine pas un puits sans fond de patience. Je gardai le sourire, ramassai – une fois de plus – la tétine qu'Hugo avait jetée – une fois encore – sur le sol de la voiture et me régalai à la pause déjeuner de la salade de crudités que Florence avait préparée. Si, je devais la croire, ils ne mangeaient pas de sandwichs sur le bord de la route, ils préféraient emporter des plats froids dans des Tupperware. Elle mentait mal, je l'en aimais encore plus.

La maison était perdue en pleine campagne, dans un petit village où un magasin général régnait en monopole sur le commerce local. Seule exception, les mardis et jeudis matin retentissaient les cris du marché sur la place de l'église. Les accents des marchands étaient aussi colorés que leurs fruits et légumes et résister à leurs appels relevait de l'anticivisme. Sûr qu'elles étaient bonnes, ma bonne dame, leurs tomates cœur de bœuf, avec juste quelques feuilles de basilic. Et leurs fraises ! Des fraises, si parfumées qu'elles vous enivraient sur leur passage. Si sucrées, racontait-on, qu'on s'en régalait nature.

Leurs fraises… catégorie fruits… quelle ligne de mon carnet déjà ? Là, dans ce marché, sous le regard ô combien discret mais ô combien affûté de ma bonne marraine qui veillait sur moi, j'ai accepté la fraise que me tendait cette maraîchère, humé puis croqué le fruit. Senti le jus qui coulait au coin de ma bouche. La larme qui coulait au coin de mon œil. Qu'étais-je en train de faire ? Guérir ou rechuter ?

J'ai tiré le premier trait sur une ligne du carnet de Grauku. Façon de parler, bien entendu : je ne l'avais pas emmené en vacances avec moi. Mais je restais superstitieuse : je notais tout de suite en rentrant à la villa l'aliment sur une feuille de papier que je glissais dans le roman que je lisais. Ma marraine a eu la finesse de ne pas commenter l'événement, de ne pas s'éclipser pour informer ma mère de cette première victoire. Mais chaque repas se terminait désormais par un grand saladier de fraises.

D'autres concessions ont suivi. Victoires ou défaites ? J'avais terriblement peur de regrossir. Mais je ne supportais pas non plus l'idée de me retrouver dans le même état que Kilodrame. Alors j'ai mangé du melon, gorgé de jus. Deux jours plus tard, je l'ai accompagné d'une tranche de prociutto. Mes dents ont déchiré la tranche, comme un animal carnassier s'en prend aux chairs de sa proie. C'était... jouissif et si dérangeant en même temps. J'ai savouré un saumon au barbecue. Je ne l'aurais pas goûté cru, de peur de retomber dans les pulsions. Difficile de se faire confiance. Et si j'étais de nouveau dépassée par ces plaisirs ?

Bien sûr, j'étais partie sans balance.

« Bien sûr » : quelle hypocrisie ! Je crevais d'envie d'embarquer ma nouvelle copine, qui torturait maintenant mon père. J'aurais pu le libérer un temps, ça l'aurait sans doute aidé. Je suis certaine qu'il aurait maigri. Mais je ne pouvais pas. Il faut être stupide pour emmener sa balance en vacances quand on n'a pas un kilo à perdre. Il paraît que même quand on a un kilo à perdre, elle n'a pas sa place dans la valise...

Je redoutais donc de regrossir. Quand même : du saumon, du jambon !

La maison avait une piscine. Pas grande, mais suffisamment pour que j'aligne les mini-longueurs et enchaîne les exercices d'aquagym pendant que les petits dormaient. Ma marraine me laissait faire. Et pas seulement « parce-que-c'est-une-super-marraine », mais aussi car c'est une mère comme les autres, qui savourait dans la solitude de sa chambre le calme du moment. Stéphane, lui, s'amusait de ma persévérance.

J'avais déniché dans le tiroir d'une commode un mètre de couturière. Je ne me pesais plus ? Je me mesurerais ! Mes cuisses ne se sont pas élargies, mon tour de taille non plus, même après le poisson, même après le jambon. Je mangeais comme ma tante et son mari et, comme eux… je ne grossissais pas. J'étais donc passée dans la catégorie des gens normaux ? Ne pas s'emballer, ne pas s'emballer, ne pas…

Florence m'avait offert de renégocier avec la nourriture. Elle me fit un autre présent qu'elle n'avait sans doute pas anticipé : sa vulnérabilité. Elle perdait parfois patience quand, malgré sa fantastique gardienne (!), Amandine hurlait dans le bain pour que ce soit sa mère qui lui lave les cheveux. Ou quand Hugo lançait une fois de plus son petit pot sur le carrelage. Dans ces moments-là, elle… gueulait, tout comme sa sœur ! La perfection n'était donc pas de ce monde ? Amandine maudirait sa mère quand elle lui refuserait un cellulaire pour ses treize (douze, onze, dix) ans ? Je la trouvais aussi un peu injuste avec Stéphane, accusé de partir courir ou pédaler justement dans le créneau horaire sensible bain-repas. Après tout, c'était bien pour cela qu'ils m'avaient emmenée en vacances et m'avaient même rémunérée ! Ou tout cela n'était-il vraiment qu'une façade pour me faire manger ? Je savais bien que non. Ma marraine avait des défauts. Trop *cool*.

Le samedi, quand nous sommes remontés vers l'Estrie, je me sentais vraiment mieux. Je l'avais expliqué à Thomas au cours de nos coups de fil pluriquotidiens. Mais il était temps de raconter tout cela à quelqu'un d'autre.

Chapitre 39

« Comment t'as pu me faire un coup pareil ? »

Question simple, directe. Des millions de fois, j'ai imaginé le message que j'enverrais à Raphaëlle. Je voulais donner à notre explication la solennité de l'écrit. J'utiliserais son adresse courriel, parce que j'étais bien décidée à ne pas me limiter aux cent soixante caractères d'un texto. Peut-être avais-je aussi un peu peur de l'affronter. Sûrement. Sinon, pourquoi n'ai-je finalement jamais tapé ces quelques mots : « Comment t'as pu me faire un…

…un coup pareil, Manon ? » Raphaëlle et moi sommes décidément sur la même longueur d'ondes. C'est elle qui m'a envoyé le message. Aussi surprenant que cela puisse paraître, c'est elle qui exigeait des explications. Sur le coup, j'ai hal-lu-ci-né. Puis j'ai lu la fin de son message et j'ai compris. Même si elle s'est bien gardée de me le raconter quand elle est venue me rechercher chez ma marraine, ma mère avait bien veillé à ne pas laisser l'affaire Grauku s'étouffer. J'ai compris que la mère d'Émilie lui avait tout raconté… sûrement pendant que je discutais avec sa fille. Ma mère avait d'abord convoqué les parents de Raphaëlle. Oui, c'est bien le ton sur lequel elle les avait invités à passer, comme Gabin me l'a raconté. Mon père avait aussi été prié de siéger au tribunal. Tout y était passé : Raphaëlle, ces garces de Lisa et Justine, mon école. C'est tout juste si le maître-nageur n'avait pas été poursuivi pour ne pas avoir su ce qui se passait dans ses vestiaires ! Une fois la nouvelle digérée, les parents de Raphaëlle ont décidé à leur tour de prévenir les parents de Justine et de Lisa. Passe à ton voisin…

Malgré les vacances, le directeur n'a pas pu échapper aux messages incessants de ma mère. Mes parents se sont retrouvés dans son bureau, en compagnie des parents de Raphaëlle et des mères de Justine et de Lisa. Les photographes ont écopé d'une peine commune : trois jours d'exclusion. Il fallait soigner l'exemple, aucun sursis n'a été consenti, même pour Raphaëlle qui a bien tenté de plaider la complicité passive.

Raphaëlle a été privée de sortie par ses parents jusqu'à, jusqu'à…

– Jusqu'à ce que je retrouve mon calme, lui avait hurlé son père dans le couloir de l'école.

Son honneur restauré, ma mère a pu passer à la phase deux de son action : la mansuétude. Raphaëlle a été assurée qu'elle serait « toujours la bienvenue chez nous, quelle que soit l'inconscience de [son] geste ».

– Parce que ce n'est que cela, n'est-ce pas, Raphaëlle ? De l'inconscience. Je ne peux imaginer que tu aies nourri une once de méchanceté à l'encontre de Manon, je sais que tu es une bonne fille.

Comme elle était fière, ma mère, de me répéter mot à mot son sermon à Raphaëlle !

Mon ex-meilleure amie n'était pas encore prête pour le grand pardon. Elle ne m'est pas tombée dans les bras en larmes. Son message était à la fois direct et retenu. Émotions maîtrisées. Je crois que j'aurais préféré un grand déballage de sentiments, je n'aurais pas ressenti ce désagréable frisson de culpabilité. Après tout, je n'étais pas responsable des actes de ma mère. J'avais au moins l'excuse de la distance. Je n'étais pas là quand elle avait sonné l'alerte. Je l'aurais empêchée, j'en étais sûre. Au moins, j'aurais essayé… Raphaëlle, elle, était bien dans la cabine de la piscine. Et je ne me souviens pas d'avoir entendu la moindre protestation. Mais bien au contraire des rires étouffés.

Alors je ne me suis pas dégonflée. Je n'ai pas argumenté, je n'ai pas attaqué :

« On se retrouve au café Le Minuit pile, demain à 16h. »

Pas de point d'interrogation, ce n'était pas une proposition, mais une injonction. Raphaëlle n'a pas répondu mais je savais qu'elle viendrait. Je la connaissais assez bien pour cela... Je voulais au moins le croire.

Le Minuit pile se trouve dans le quartier de l'école, mais un dimanche après-midi, nous y serions de toute façon tranquilles.

Raphaëlle était là. Elle avait choisi une place près de la grande baie vitrée, baignée dans le soleil... comme je les aime. Je supporte mal les ambiances sombres et mon... mon amie le sait. Son dos bien raide ne prenait pas appui sur le dossier de sa chaise. Droite comme son honneur à restaurer... À bien y regarder pourtant, elle déchirait en petits morceaux le papier du chewing-gum qu'elle mâchouillait méthodiquement. Je connaissais ce tic : il trahissait son inquiétude.

Nous nous sommes dévisagées. Ni sourires ni regards noirs : où en étions-nous ?

– T'as commandé ?

Eh oui, je ne lui avais pas adressé la parole depuis plus d'un mois et notre reprise de contact était d'une banalité déconcertante. D'une neutralité nécessaire.

– Je t'ai attendue.

Si, on peut dire des choses dans des répliques apparemment futiles. Nous avons commandé. Le silence est revenu, nous nous sommes regardées en chiens de faïence. De faïence ébréchée.

– Manon, qu'est-ce qui nous est arrivé ?

Avais-je rêvé ? Une légère intonation, cette façon d'insister sur les deux syllabes de mon prénom, j'ai cru entendre un quart de seconde « ma » Raphaëlle. Et j'ai eu envie de lui tomber direct dans les bras. Je n'en pouvais plus de ces vacances à bouleversements et, une seconde, j'ai pensé que ce serait bon de retrouver ma Raphaëlle ! Oui, mais quelque chose dans son regard contredisait le ton qu'elle avait employé. Elle aussi avait changé. Nous ne pouvions pas simplement effacer d'un revers de manche nos ardoises respectives.

– Je sais pas Raphaëlle, je sais pas. Mais on va reprendre depuis le début, parce que j'ai vraiment besoin que tu me racontes ce qui s'est passé dans cette maudite cabine de piscine.

Elle s'y attendait. Elle s'y était préparée et avait anticipé ma réaction.

– OK. Je te raconte. Mais tu te tais, d'accord ? Tu me laisses raconter. Tu juges, tu t'en vas si tu veux, mais après seulement.

– Mouais…

– D'abord, il faut que tu saches que rien n'avait été… prémédité. Ça s'est passé comme ça, c'est tout.

Et je dois vous en féliciter ?

– Même si c'était quand même pas la première fois que je discutais avec Justine et Lisa…

Tiens !

… C'est idiot, j'te l'accorde. Mais elles connaissaient bien Boris et moi, ce type me rendait folle. Je voulais l'approcher…

Considérerait-on finalement, Messieurs les jurés, qu'il y a eu préméditation ?

... Une fois ou deux, pas plus. Du genre, je leur ai filé l'adresse du site Internet où on trouve les exercices de maths corrigés... Tu sais, je t'en ai parlé, à toi aussi ! Je crois aussi que je leur ai demandé... la marque de leur gloss...

Aïe...

... Bref, ce jour-là, à la piscine, elles nous avaient vues prendre des cabines presque en face l'une de l'autre. Quand nous sommes sorties de l'eau, elles se sont engouffrées dans la mienne avant que je referme la porte. T'étais déjà en train de te changer. J'étais super gênée de me mettre nue devant elles...

Sur ce point-là aussi, Raphaëlle avait bien changé...

... et je me débattais avec mon portemanteau, mon pantalon et ma serviette quand elles ont sorti un cellulaire et entrouvert la porte. Je t'assure, j'ai pas compris ce qu'elles fichaient. Pas tout de suite. Après... Après, c'était trop tard.

– CONNERIES !

Bien malgré elle, Raphaëlle ne put retenir un frisson en m'entendant crier.

– Qu'est-ce que t'aurais voulu que je fasse ?

– Que tu me le dises au moins, que je puisse les arrêter avant.

– Parce que tu l'aurais fait peut-être. (C'était au tour de Raphaëlle de perdre patience...) Tu serais allée les voir ? Mon cul Manon ! C'est le cas de le dire. T'aurais maudit ce monde cruel. T'aurais chialé sur mon épaule et c'est moi qui aurais dû tout empêcher. Et en guise de remerciements, j'aurais écopé de tes « comment t'as pu les laisser faire ? », « pourquoi t'as pas réagi ? ». Alors oui, Manon, je te le dis direct : la lâcheté n'est pas l'exclusivité des grosses. J'ai été lâche. Oui, j'ai été lâche.

Elle a baissé un instant les yeux, comme si elle se repentait. Mais ce n'était qu'une illusion : dans la foulée, elle m'a asséné le coup final :

– Tu vois, avant d'apprendre la merde noire dans laquelle tu t'étais mise avec ta copine sur le Net, l'anorexique qui est hospitalisée, j'avais même fini par me convaincre que cette horrible histoire avait été pour toi une chance. Que cela t'avait donné la force de régler tes problèmes et de prendre ta vie en main. Je n'en suis plus si sûre. Parce qu'avec toi, rien ne se fait jamais dans la simplicité.

Raphaëlle a repris son souffle. M'a regardée… différemment. Ses yeux s'étonnaient maintenant : « Tiens, t'es restée finalement… »

– Vas-y, a-t-elle enfin lâché dans un souffle. C'est ton tour.

Là, j'ai dû être lucide. Je m'étais complètement plantée. J'étais persuadée que le message de Raphaëlle n'était qu'un coup de bluff et qu'elle n'était pas vraiment en colère. Que nous allions sceller dans ce café le pacte de notre amitié retrouvée. Dans ma mansuétude, j'avais même imaginé de ne pas la faire mariner trop longtemps dans le jus de ses explications. J'étais bien loin de la vérité !

– J'ai pas demandé à ma mère de prévenir la tienne. Sinon, je l'aurais fait bien plus tôt. Je voulais même pas qu'elle sache pour Kilodr… pour la fille qui est anorexique. Émilie, elle s'appelle Émilie.

C'était fou. C'était moi qui me justifiais et j'en perdais le fil de ma pensée.

– T'as raison, ça m'a fait maigrir. Comment, c'est pas tes affaires. Ni celles de personne d'ailleurs ! T'as encore raison, même si t'as pas eu le cran de le dire : sans ta photo, je ne serais pas avec Thomas. Quoique, qui sait… Quelqu'un d'autre l'aurait peut-être prise, après tout. Y'avait peut-être un grand jeu concours lancé sur mon cul...

Et voilà, je recommençais mes conneries. Je n'arrivais pas à lui dire simplement que j'avais eu mal. Il fallait que j'attaque. Cette photo avait vraiment changé ma vie. Si je ne regrossissais pas encore maintenant que je mangeais un peu plus. Mais, merde, je n'avais pas besoin de Raphaëlle dans la cabine. Les deux tartes de Justine et Lisa, c'était largement suffisant. Alors j'ai lâché les armes, relevé la visière de mon heaume.

– Tu te souviens, Raphaëlle, cette phrase qu'on avait trouvée dans un bouquin : « Nous sommes, toi et moi, liées dans l'amitié au-delà de nos vies » ? Tu te rappelles comme on était fières d'en faire notre devise ? Je l'inscris dans ton agenda, tu la recopies dans le mien. Je sais pas moi, j'y croyais. Et pourtant, il y a tant de trucs qu'on n'a pas réussi à se dire. Mon poids, Boris... Thomas...

– Manon, c'est normal. On peut pas tout se dire, tout partager. Ça n'enlève rien aux sentiments. Tu crois que Boris...

J'ai cru qu'elle cherchait ses mots mais ce sont mes yeux qu'elle voulait accrocher :

– Tu crois que Boris en sait autant sur moi que toi ?

J'ai esquissé un sourire :

– Pourtant tu l'appelles plus que moi...

– OK, je te l'accorde.

– Alors ?

– Alors quoi ?

– Alors, on en est où ?

– Manon, c'est plus comme avant. On a trop changé. Mais peut-être que… Qu'on peut arrêter de se snober comme deux tartes qu'on n'est pas.

– Ouais… Tu pourrais peut-être même revenir pour les devoirs de français.

– J'ai pas très envie de croiser ta mère.

– Pourtant, tu sais bien que…

– Oui !

Et elle a souri. A regardé sa montre, a pris un air gêné.

– Faut que j'y aille. On m'attend.

Je me suis demandé si « on » était Boris, encore et toujours, ou s'il était juste le petit mensonge qui lui permettait de ne pas aller plus loin aujourd'hui.

– À bientôt, a-t-elle hasardé.

– À demain à l'école, ai-je confirmé.

– Ah non… a-t-elle rétorqué, légèrement cynique. Je suis virée trois jours…

Hum hum…

Chapitre 40

– Si, j't'assure, c'est elle…

Retour à la case départ. On murmurait de nouveau dans mon dos. Plus sur mon gros cul, non. Sur mon bras long…

– Elle a fait virer trois filles pour trois jours …

– Même qu'une d'elles était sa meilleure amie.

On oubliait l'intervention de ma mère, la photo de mes fesses : le résumé perdait en véracité, mais gagnait tellement en efficacité. Rapidement, toute l'école fut au courant. Pendant les trois jours d'absence des exclues, j'ai été la victime de blagues douteuses. On imitait le « clic » de l'appareil photo sur mon passage, on m'appelait « Kodak ».

Justine et Lisa sont revenues. Ça n'a rien changé pour moi.

Avec elles, Raphaëlle. Et là ce fut différent.

Depuis mon engueulade avec Raphaëlle, je n'avais plus adressé la parole à Boris. J'affirme sans prendre de risque que je ne lui avais pas manqué… non plus ! Entre nous, il n'y avait jamais eu qu'une entente cordiale. On se supportait aimablement. Il avait transformé mon amie en idiote, je lui rappelais qu'elle avait eu une vie avant lui. Là, il tenait enfin le bon prétexte pour exprimer son ressentiment. Il ne voulait pas me manquer, je l'ai compris dès que je les ai vus entrer dans la cour de l'école ce jeudi matin. Heureusement, Thomas et Pauline étaient avec moi.

Je guettais la réaction de Raphaëlle. Après notre explication, oserait-elle venir vers moi ou étions-nous encore officiellement fâchées ? J'espérais un geste de sa part, même si je ne m'attendais pas à ce qu'elle se jette dans mes bras.

Quant à son *chum*... Sa réaction m'était complètement indifférente.

Je n'ai pas eu l'occasion de savoir si Raphaëlle avait choisi de me parler. Boris fonça vers notre groupe en la tirant à bout de bras. Lui semblait bien décidé à ne pas m'ignorer ! Le pauvre avait dû patienter trois jours pour jouer au grand justicier devant sa copine.

– Alors Manon, contente de tes conneries ? Tu l'as eu, ta petite vengeance, hein ?

Ta mère ne t'a pas appris à dire bonjour, Boris ?

– Heureusement que « Môman » était là pour s'en occuper, parce que c'est pas toi qui aurais eu le cran de protester.

– Hé Boris, tu te calmes !

D'un geste du bras, je retenais Thomas qui voulait prendre ma défense :

– Non, laisse-le parler... À moins que... À moins qu'il ne soit déjà à court de phrases, le pauvre garçon. (Fixant bien Boris au fond des yeux, j'enchaînai.) Regarde ton cellulaire, peut-être que tes copains t'ont envoyé par texto les bonnes répliques.

Il a blêmi. Sa mâchoire semblait à la fois prête à mordre et paralysée de colère. Mais...

Mais Raphaëlle avait esquissé malgré elle un sourire.

– En tout cas, moi j'ai jamais eu besoin de cacher derrière un gros cul mon manque de courage pour affronter la vie, a-t-il contre-attaqué. (Il m'a touchée, il l'a vu. Et il a bien appuyé sur la plaie.) J'ai rien inventé, c'est Raphaëlle qui me l'a expliqué ! Et vous n'étiez même pas encore fâchées. Pour tout te dire, je crois même que t'étais encore grosse. Enfin, très grosse, parce qu'on peut quand même pas dire que tu sois mince maintenant !

Il est parti d'un petit rire aigu. Solitaire mais satisfait. J'ai regardé Raphaëlle. J'ai regardé Boris. Raphaëlle. Boris. Raphaëlle...

Thomas m'a pris la main et j'ai serré la sienne avec toute la force de ma colère. Et de mon désarroi. Mon amie avait de belles théories sur mon compte ! Moi qui l'admirais pour son absence de jugement sur les autres.

Elle était visiblement très gênée. Je la connaissais suffisamment pour savoir que ça turbinait à deux mille tours-minute dans son cerveau. Puis elle a pris une inspiration. Elle a lâché la main de Boris, a pivoté d'un demi-tour pour bien se planter devant lui et lui a dit :

– Boris, si c'est comme ça que tu comptes traiter ma meilleure amie, on n'a peut-être plus grand-chose à se dire.

– Mêêêquouha ? (Oui, vraiment, on aurait cru une vache qui meuglait...) Tu te fiches de moi ? C'est toi que je défends dans cette histoire !

Raphaëlle ne s'est pas dégonflée :

– Je crois que t'as bien compris ce que je voulais dire.

Il l'a attrapée par le bras :

– Viens, faut qu'on parle.

– Si tu veux.

Elle l'a suivi mais je m'en fichais bien. « Ma meilleure amie » : j'avais bien entendu. Raphaëlle ne me quitterait plus, je le savais maintenant. Nous les avons regardés palabrer. Nous n'avions pas le son mais ça ne nous manquait pas. Finalement, il est parti. Et elle est revenue.

– Manon, tu me fileras les cours que j'ai manqués ?

– Qu'est-ce qu'il a dit ? Tu l'as plaqué ?

– Je te rappelle que c'est quand même un peu à cause de toi que j'ai croupi trois jours dans ma chambre.

– Raphaëlle, de quoi tu me parles ?

– Ben du boulot que je dois rattraper.

– Et moi je te parle de Boris !

– Y'a rien à dire sur Boris.

Avions-nous perdu l'habitude de discuter ? Ou, au contraire, retrouvions-nous nos vieux réflexes ? Elle ne voulait pas parler de Boris, c'était clair. Je ne la lâcherais pas sur le sujet, c'était décidé. Thomas et Pauline assistaient étonnés à notre joute verbale.

– Si Raphaëlle, y'a des trucs à dire. Tu peux pas comme ça…

– Manon, arrête, s'est interposé le pauvre Thomas qui n'aspirait qu'à un peu de tranquillité.

– Thomas a raison, laisse-la, insista Pauline.

– Boris reviendra, trancha Raphaëlle. Il peut comprendre qu'il est temps que les choses s'arrangent. Le pauvre, je l'ai tellement saoulé avec notre engueulade, il va apprécier que ça soit terminé. Je vais le laisser un peu avec ses amis, ça sera arrangé dès ce soir.

C'est raté. Raphaëlle n'a rien arrangé le soir même, et encore moins les jours suivants. Boris a refusé de s'expliquer avec elle. Quand enfin il a répondu à un de ses textos une semaine plus tard, c'était pour lui demander qu'elle le laisse tranquille : il sortait maintenant avec Justine. Quand elle me l'a raconté, j'aurais aimé qu'elle pleure un bon coup sur mon épaule. Ça aurait soulagé ma conscience tout autant que son cœur. Raphaëlle ne me laissa pas interpréter mon rôle de Super-Manon-Compassion.

– Laisse-moi, j'ai pas envie d'en parler. Pas avec toi, tu comprends ?

Et elle est partie sans me laisser le temps de l'étouffer sous mes bons sentiments. Je comprenais parfaitement sa réaction. C'était logique et attendu. J'étais quand même à l'origine de sa rupture.

Je la comprenais mais je ne la supportais pas. J'étais déboussolée. Raphaëlle et moi étions réconciliées. Thomas, lui, était toujours à mes côtés. J'avais enfin un corps qui ne me complexait plus. Pourtant, je me sentais mal et, à nouveau, je n'avais qu'une seule idée en tête : manger. Chassez le naturel…

Je me suis arrêtée au supermarché sur le chemin de la maison. J'ai acheté… un paquet de salade prête-à-l'emploi. « Je n'ai qu'à manger les feuilles en me convainquant que ce sont des chips », me suis-je dit. Serez-vous surpris d'apprendre que ça n'a pas fonctionné ? Alors, j'ai fait demi-tour, je suis retournée dans le supermarché, rayon poissonnerie cette fois. J'ai acheté un morceau de thon cru. Je l'ai avalé sur le trottoir. J'avais les doigts gluants et puants, je me suis essuyée sur les jambes de ce jean qui m'allait enfin…

Je suis rentrée à la maison et j'ai remangé. J'ai écrasé des fraises dans de l'aspartam, j'ai mélangé tout cela à mon lait écrémé et j'ai bu. Un litre entier. Mon estomac n'a pas aimé le cocktail lait-salade, thon-fraises. J'ai vomi mes tripes. Je ne grossirai pas, pas sur ce coup-là. Mais c'était bien la seule différence avec mes crises sur le chocolat. J'étais toujours aussi détraquée ? Je croyais avoir remangé en toute sérénité avec ma marraine ; je m'étais lamentablement trompée ? J'ai pris appui sur le bord de la cuvette pour me relever, je me suis rincée la bouche, je me suis mouchée. Des bribes de thon et de salade sont sorties de mes narines. Oh ! Thomas, oh ! Raphaëlle, oh ! Maman… quand tout cela s'arrêtera-t-il ?

Chapitre 41

Après ma crise de... boulimie (?), il me tardait vraiment de voir la psy : je m'étais fait peur. J'ai essayé de ne surtout pas le montrer, je ne voulais pas en plus affoler ma mère. J'espérais que le séjour chez ma marraine et la vendetta à l'école suffiraient à la calmer. Qu'elle, au moins, attendrait le rendez-vous chez la psy dans la sérénité. En deux semaines à peine, elle avait sauvé et vengé sa fille. C'était fort, non ? Ça pourrait presque faire un article dans son cher *Châtelaine*.

Mais elle n'a pas baissé la garde si facilement. Il y avait quand même une fille hospitalisée pour anorexie. Certes loin. Certes pas de ma faute. Mais ma mère restait convaincue que Kilodrame voulait m'entraîner dans son effacement, dans sa disparition. Que c'était « grâve ». Alors, elle me surveillait. Sans en avoir l'air. Ce qui était encore pire. Je devais presque mettre la minuterie en route pour prendre un bain sans qu'elle ne finisse par débarquer : « Tout va bien ma chérie ? » *Oui Maman, je ne vais pas me trancher les veines dans ta baignoire.*

Pour supporter la pression au moment des repas, je me suis inventé un petit jeu : mes ustensiles devaient faire au moins cent fois l'aller-retour entre ma bouche et mon assiette. À moi de les répartir correctement entre l'entrée et le plat si je ne voulais pas avaler mon yogourt en quarante coups de cuillère à pot ! C'était aussi un moyen de reprendre confiance en moi après mon milk-shake parfum « salade-poisson-fraises ». Je pouvais contrôler. Je pouvais, je pouvais, je devais... Je remangeais des fruits, de tous les poissons, de la volaille. Je prenais parfois du pain. Mais tout cela manquait encore cruellement de gras et de spontanéité !

Au retour des vacances, je n'avais pas retrouvé mon carnet. (Merci Maman ? Merci Gabin ?) J'en ai donc pris un autre où je tenais un registre stérile de ce que j'ingurgitais. Je ne calculais pas les calories, ne le relisais jamais mais il me fallait encore écrire. Pour éviter un nouveau dérapage.

Enfin est venu le jour du rendez-vous. Ma mère avait fini par l'attendre autant que moi. Du coup, j'en espérais aussi un relâchement de la pression maternelle.

Madame Glauben m'a plu dès le premier rendez-vous. C'était une dame brune, au teint mat, qui portait un long collier de perles en plastique multicolores. Au cou de n'importe qui d'autre, on aurait imaginé le cadeau de la fête des mères porté en pénitence. Mais ces touches de couleur semblaient renforcer l'impression de vie que transmettait tout le personnage.

Elle a écouté ma mère lui raconter mon carnet, mon régime, Kilodrame, la photo... Thomas même. Ma mère parlait de moi et cette dame ne l'a pas interrompue, ne lui a jamais dit : « Laissez-la donc me raconter tout cela. » Ça m'a un peu énervée. Encore une partie qui se jouerait sans moi ?

Quand ma mère s'est tue, madame Glauben lui a adressé un grand sourire, à la fois réconfortant et sincère :

– Madame, j'ai bien entendu tout ce que vous me racontez. Manon et moi allons travailler sur tous ces événements. Et sur ce qu'elle me confiera aussi, bien entendu...

Ouf...

– Je me permets juste de vous faire une recommandation. Cette histoire ne touche pas seulement Manon, mais toute votre famille. Comment avez-vous vécu tout cela ? Qu'aviez-vous réellement compris de ce qui se passait ? Je crois qu'il serait intéressant que vous puissiez en parler... ailleurs. Que vous aussi vous vous fassiez accompagner...

Waouh… Tout cela avait été dit sur un ton à la fois doux et ferme. J'étais bouche bée, ma mère aussi. Elle a d'abord eu l'air très étonnée puis a esquissé un sourire :

– Et nous ne pourrions pas voir cela ensem…

– Non, Madame. Ce ne serait bon ni pour Manon ni pour vous. Je peux vous transmettre des coordonnées de confrères qui travaillent dans le même esprit que moi.

Quand nous avons fixé les rendez-vous, ce fut à mon tour d'être étonnée. Madame Glauben me proposait de me rencontrer une fois tous les quinze jours, « d'abord ».

– Nous verrons dans quelque temps si nous pouvons rapprocher les rencontres.

J'étais chez la psy, bien décidée à jouer « cartes sur table », à vaincre mes pulsions, à réapprendre à manger pour manger. Je lui ai carrément demandé pourquoi je ne la verrais pas plus souvent :

– C'est maintenant que j'ai surtout besoin des séances… J'ai beaucoup de choses à vous dire… C'est pas au début qu'il faut mettre le paquet et après on espace ?

– Dans quel but ? me répondit-elle paisiblement. Si tu viens me voir une, deux ou trois fois par semaine… tu auras peut-être – et j'insiste sur ce peut-être – la sensation au final que je remplace le chocolat ou cette fille sur Internet. Ce n'est pas ce que nous voulons, n'est-ce pas ?

Elle entrelaçait ses perles entre ses doigts fins et, pour fuir son regard, je suivais la trajectoire de l'une d'elles, d'un beau bleu turquoise. Elle avait raison mais je n'étais pas certaine d'avoir envie de l'entendre. Les séances risquaient d'être difficiles.

Je n'avais donc pas fait le plus dur en arrêtant le chocolat ?

Quelques jours plus tard, j'ai reçu une lettre postée de Montréal. C'était une enveloppe officielle de l'hôpital mais l'adresse avait été écrite à la main. Ça m'a rassurée. C'était sans doute une lettre d'Émilie, et non pas un courrier officiel pour me donner de mauvaises nouvelles. J'ai vite déchiré l'enveloppe. Elle contenait en effet une feuille quadrillée noircie d'une petite écriture d'araignée.

Manon,

Félicitations ! Je viens de gagner le droit d'écrire une lettre, et je t'ai choisie comme gagnante de ce grand concours du kilo repris. Que veux-tu, tout se négocie dans cette prison ! Je te passe le chapitre « ils me gavent, je bouffe, je grossis, ils me récompensent ». Je suis simplement contente de pouvoir retendre ce lien entre nous. Autant être sincère, nos échanges m'ont manqué. J'aurais bien aimé pouvoir de temps en temps déverser toute ma colère dans un courriel ! Mais je n'avais pas le droit, je pouvais juste faire courir des petits bons-hommes dans les marges du menu. Enfin, ils me « sauvent la vie », je ne vais pas non plus critiquer la maison ! Pas trop, en tout cas. C'était sympa de te voir... finalement.

Je commence à apprécier mes séances de psy. (Le changement de sujet m'a soulagée.) *Ce qui est dur, c'est que tout tourne autour du poids et de la bouffe, et j'aimerais parfois ne vraiment pas y penser. Que veux-tu, il paraît que je suis malade... Même si moi, je ne le vois pas dans la glace. C'est quand ils me donnent mes résultats sanguins que je me dis que quelque chose ne va pas. « Anorexique », non, ce mot n'a pas encore de sens pour moi, en tout cas pas celui que les médecins voudraient que je lui donne. Je ne me trouve pas plus malade vis-à-vis de la bouffe que toi par exemple.* (Gloups...) *Je n'écris pas ça pour te provoquer ou te faire flipper. C'est mon avis. Et tu sais, il n'y a pas que nous. Qui a vraiment un rapport naturel et sain à la nourriture aujourd'hui ? Je serais curieuse d'avoir les chiffres. Il faut que je fasse attention, la censure va refuser ma lettre ! Le « contrat » prévoit le droit à une réponse. Enfin, si tu en as envie : ne te crois pas non plus obligée de porter le fardeau de mon sac d'os.*

À plus si tu le veux !

Émilie

C'était très... idiot, mais cela m'a flattée qu'elle décide de m'écrire, à moi. Je n'étais donc pas pour elle qu'un dossier et une courbe de poids ! En même temps, le souvenir de ce dossier me mit en colère, bien trop à mon goût, et je me demandais si, finalement, je voulais lui répondre. Je devais lui dire qu'elle avait raison mais que son raisonnement était un peu facile. On ne pouvait pas laisser des jeunes filles crever de faim sous prétexte que notre société avait perverti le rapport à la nourriture. Je pourrais lui dire que pour moi, elle était bien autre chose qu'une maladie. L'exercice de style m'a semblé subitement bien compliqué. À moins qu'une lettre ne soit pas la réponse la plus appropriée... ou la plus courageuse.

Chapitre 42

– Maman, je voudrais… je voudrais que tu m'emmènes de nouveau à l'hôpital. Je voudrais revoir Émilie. Tu crois que… que c'est possible ?

Ma mère n'a pas paru surprise par ma question, sans doute l'attendait-elle depuis quelque temps déjà. Elle ne m'a même pas dit qu'il faudrait demander son avis à madame Glauben. J'en avais beaucoup voulu à ma mère pour son scandale dans mon école, je lui avais bien fait comprendre, largement fait payer, et elle a apprécié que je lui adresse la parole sans agressivité. Mieux encore : sur le ton de la requête. Elle n'en a pas rajouté :

– Tu peux y aller quand tu veux, il suffit de prévenir.

Prévenir qui ? Les médecins ou Kilodrame ?

Émilie Émilie Émilie, je devais m'habituer à son prénom, me forcer, le boire de force pour désormais l'utiliser en toutes circonstances. Kilodrame n'était plus. Ma mère m'a expliqué que l'hôpital l'avait appelée pour lui dire qu'Émilie avait le droit aux visites, car elle respectait du mieux qu'elle le pouvait les termes du contrat qu'elle avait passé avec les médecins. Elle avait donc grossi – enfin « progressé » ! – plus encore qu'elle ne le sous-entendait dans sa lettre.

– En gros, ça veut dire qu'elle ne se gave pas de litres d'eau avant les pesées pour fausser les résultats et qu'elle accepte tout doucement de remanger et de… regrossir un peu.

J'aurais bien demandé à ma mère pourquoi elle ne m'avait pas donné ces nouvelles dès qu'elle les avait eues, mais je n'avais pas le courage de pousser la discussion plus loin ce soir-là. Après tout, elle n'avait posé aucune question sur la lettre qu'elle avait forcément vue avant moi, puisque je l'avais trouvée bien en évidence sur le buffet de l'entrée. Je pouvais comprendre qu'elle n'avait pas envie d'imposer Émilie et son hôpital dans ma vie. Nous avons juste fixé la date de notre visite : nous irions le mercredi suivant, jour où Émilie pouvait maintenant recevoir ses copines.

Ma mère et moi nous sommes respectivement épargné le silence pendant le trajet : je lui ai raconté que j'avais renoué avec Raphaëlle, que Boris l'avait quittée. Elle m'a confié qu'elle s'inquiétait encore pour mon père (elle n'aurait pas osé dire qu'elle s'inquiétait pour moi aussi), même si ses résultats sanguins étaient meilleurs. Qu'en le voyant au régime, elle voyait à quel point c'était difficile, elle qui croyait le savoir depuis longtemps déjà.

Le silence s'est imposé quand est apparu au loin l'hôpital. Mais il n'était plus lourd de reproches, de secrets ou d'angoisse. La bâtisse en imposait, elle nous obligeait à nous taire. « Oubliez le reste, ordonnait-elle. Laissez derrière vous vos états d'âme, vos couleurs et vos musiques. »

Nous avons retraversé le couloir, repris l'ascenseur. Mes yeux se sont une fois de plus attardés sur les affiches aux murs, dans l'espoir puéril que mon regard ralentisse mon pas. J'avais peur. Pas d'Émilie, de ses yeux trop grands ou de ses joues creuses. J'avais peur de moi. Peur de ne pas me sentir si différente d'elle, finalement. Je voulais lui demander ce qu'elle mangeait maintenant, depuis quand elle avait été diagnostiquée « anorexique ».

Est-ce que moi aussi…

Je me suis arrêtée. Je ne pouvais pas. Ma mère n'a fait aucun commentaire. Elle non plus ne devait pas se sentir très à l'aise. Au bout d'une minute ou eux, elle m'a demandé :

– Si ça ne t'ennuie pas Manon, je redescends juste chercher une revue en bas, il doit bien y avoir un kiosque à journaux dans un si grand hôpital.

Oui, peut-être pas en psychiatrie, mais en maternité ou en traumatologie, ça devait se trouver. Ça m'a amusée, cette idée de ma mère se réfugiant derrière son *Châtelaine* pour affronter la réalité. Et je me suis dit que j'avais mûri : avant, ça m'aurait mise en colère.

– Vas-y Maman, l'ai-je rassurée avec un grand sourire sincère.

Et elle a eu l'air d'apprécier.

Je ne suis pas restée longtemps seule face à mes démons dans ce couloir. Ma mère avait à peine tourné les talons qu'est apparue au bout du couloir la femme médecin que nous avions rencontrée la dernière fois. « Camille R. » me rappelait son badge pendant qu'elle demandait de mes nouvelles. Pas sur le ton d'un médecin qui vous prend le pouls en même temps, pas sur le ton non plus de celle qui n'écoutera pas votre réponse.

– Tu vas bien, Manon ?

Ce n'était pas le moment, ce n'était pas l'endroit, ce n'était même pas la bonne personne puisque j'avais maintenant ma psy attitrée, mais je n'ai pas contrôlé :

– Non, c'est dur. J'ai peur.

– C'est normal que tu aies peur, Manon. Cet endroit est effrayant, tu sais, même si on a repeint les murs !

– Vous moquez pas...

– Je ne me moque pas, je t'assure ! Dans un endroit pareil, on se pose forcément des questions : « Et moi ? » Pour toi, c'est la nourriture, pour d'autres, ce sont d'autres angoisses qui ressortent. Nos folies enfouies, des souvenirs coulés dans le béton, « la fois où… ». C'est normal, a-t-elle répété, et elle semblait parler autant pour elle que pour moi. Ne t'inquiète pas. Tu as envie de voir Émilie, suis ton instinct.

Comme si elle devinait mes angoisses, mes questions, mon envie de m'enfuir à toute vitesse, ma curiosité, elle a enchaîné :

– Émilie va mieux, tu sais. Tu le constateras tout de suite en la voyant. Et toi aussi, tu es solide, tu vas t'en sortir. Tu t'en sors déjà très bien.

Que racontait-elle ? Comment pouvait-elle savoir ? Mon air ébahi l'a amusée :

– Tu as raison Manon, pour qui je me prends ? Que veux-tu, je te trouve… sympathique. Tu m'as vraiment impressionnée lors de ta première visite. Il fallait beaucoup de cran… et un sacré sens de l'amitié pour faire ce que tu as fait.

Il était urgent qu'elle arrête, je virais rouge pivoine. Je la détestais de pourfendre ma carapace juste avant que je retrouve Émilie. Mais ses mots étaient si doux… Elle a posé sa main sur mon épaule. Elle n'a rien dit, juste exercé une légère pression, à la fois ferme et délicate. Elle a laissé ses doigts me murmurer : « Vas-y, elle t'attend. »

Elle attendait. Elle était assise sur son lit et tripotait nerveusement un livre de poche. J'ai eu envie de lui demander ce qu'elle lisait, mais je n'étais pas là pour ça, pas cette fois-ci. Elle a souri en m'apercevant. « Camille R. » ne m'avait pas menti. Elle allait mieux. Ça se voyait autant à son regard qu'aux quelques centimètres supplémentaires de tour de hanches, de tour de cuisses, de tours de vie. Émilie était toujours très maigre, mais elle était moins… saillante. Même sa voix me parut plus « arrondie » :

– Ça fait plaisir de te revoir, Manon, tu sais. Les médecins, c'est eux qui m'ont proposé de t'écrire. Mais rien n'est gratuit ici. « Cent grammes la ligne, ma bonne dame, vous m'en prendrez bien une lettre recto verso ? » Oh, ils ont bien enrobé tout ça, c'est Camille qui me l'a expliqué. C'est elle de loin la plus *cool*.

Elle s'est tue un instant, je n'ai pas su enchaîner, alors elle a lancé :

– Ils ont même jugé que tu allais assez bien pour me lire ? Que veux-tu, ils doivent être prudents : ils sont au complet ! Ils n'avaient pas de chambre libre pour toi.

Je n'ai pas su comment je devais prendre cette dernière remarque. Émilie avait l'air vraiment contente de me voir… et en même temps, elle m'agressait directement en me proposant une colocation ! Elle a senti que j'étais perplexe. Alors Kilodrame, la reine du commentaire « vlan dans les dents » s'est levée, a ajouté :

– Eh, ne me prends pas au mot ! J'ai vraiment un humour trop idiot parfois… Souvent même.

Et… Et elle s'est avancée vers moi, a posé sa frêle main sur mon épaule (décidément !) et… m'a fait la bise. Aussi simple que ça.

– Moi aussi, ça me fait super plaisir de te voir, ai-je enfin pu répondre.

Et parce qu'elle m'avait fait la bise, parce que madame Glauben allait m'aider à m'en sortir, parce que tout le monde – moi la première – savait que je ne serais jamais ici qu'en visite, j'ai ajouté :

– Je t'ai pas écrit parce que les questions que je voulais vraiment te poser, elles se posent… comment dire ça… en face. C'est pas des trucs faciles, je préfère te prévenir. Mais ça m'aiderait vraiment que tu répondes.

– Ça t'aiderait vraiment… (Parlait-elle pour elle ou pour moi ?) Il y a longtemps que je n'aide plus, que je suis plutôt celle qu'on secourt. Alors vas-y, oui, direct. Pose tes questions ! (Elle a marqué une hésitation.) Tant que… tant que tu ne me demandes pas mon poids.

– Émilie ?

– Ouais ?

– J'm'en tape de ton poids. Non, pour être précise, je m'en… fiche !

Elle a aimé l'allusion et j'ai su qu'elle ne tricherait pas.

– Émilie, dis-moi, pourquoi t'as eu envie de t'occuper de moi ?

– J'me suis occupée de toi ?

– Tu vois, tu joues pas le jeu, t'es plate !

Déçue. J'étais déçue à la première réponse.

– Non Manon, je ne me fous pas de toi. (Elle avait l'air sincère. Une fois encore.) OK, j'en rajoute. Mais je n'ai pas eu l'impression de « m'occuper de toi ». J'ai bien aimé ton blogue, j'ai eu envie de te donner un coup de main.

En m'embarquant dans ton anorexie ? Je n'ai pas eu besoin de poser la question, elle a lu dans mon silence gêné :

– Je croyais vraiment que je pouvais t'aider. Je maigrissais. Toutes ces souffrances que tu décrivais si bien, le regard des autres, cette sensation d'être un monstre de bouffe, je les avais dépassées. Du moins, je le croyais.

Cette fois, c'est elle qui s'est réfugiée dans le silence.

– Émilie, tu avais raison. Tu avais maigri, tu ne pouvais pas imaginer que…

– Que j'allais remplacer un excès par un autre, qui cette fois m'enverrait direct à la case hôpital !

Plus maladroite que moi, tu meurs ! De faim, de honte, de ce que tu veux….

– C'est pas ce que je voulais dire.

– Je sais ! m'a-t-elle interrompue. (Elle sourit. Un sourire… gentil. La trêve !) Tu sais, cela faisait un bout de temps que je lisais tous les blogues qui parlaient des problèmes de poids. Tu peux pas imaginer à quel point certains sont plates ! Ou nombrilistes ! « Aujourd'hui, j'ai mangé deux carottes, trois radis, j'ai bu deux verres de jus de légumes et fait trois fois le tour de mon pâté de maison. J'ai perdu 225 grammes ! 225 grammes les filles ! »

Émilie singeait cette parodie de régime sur blogue avec beaucoup de finesse. Elle était franchement drôle.

– Ton blogue à toi, c'était autre chose. Tu avais le courage d'aller au bout, de te poser les vraies questions. Tu ne te contentais pas de comptabiliser tes calories. Et, pour être honnête, ton chocolat m'a effrayée. Je me croyais faible face à la nourriture, mais je n'avais pas d'ennemi juré comme toi.

– Si je t'ai fait un tel effet, pourquoi t'as toujours refusé qu'on se connaisse mieux ?

J'avais gardé le ton décontracté de notre conversation pour poser cette question et les efforts que cela me coûta me prirent au dépourvu : je lui en voulais donc à ce point-là ? L'« indifférence » que je croyais lire à travers ses messages m'avait-elle vraiment atteinte ? Émilie le sentit tout de suite et en joua :

– Et si je ne t'aimais pas ? (Haussement de sourcils, grand sourire énigmatique…)

– C'est pas la question… (Pitoyable protection. Absence inquiétante de répartie.)

Heureusement, elle lâcha immédiatement les armes :

– Manon, tu me donnes des pouvoirs que je n'ai pas. J'avais envie de te parler, par ce blogue, mais j'avais aussi peur de te connaître. J'étais contente de te donner un coup de main, mais ça m'arrangeait bien de te confiner à mon écran d'ordi. Hop, je te contactais quand je voulais ! Je t'éteignais si je voulais. Je caricature, mais il y a un peu de ça.

Je comprenais. Il faudrait que j'arrive à lui dire. Moi non plus, je n'avais pas envie de Kilodrame dans mon quotidien, pas envie de la présenter à Thomas, à… Raphaëlle. C'était bizarre de penser à eux, ici, dans cet hôpital. Comme s'il n'y avait de place pour personne dans cette chambre. Dans le monde de Kilodrame et Grauku. Je lui ai demandé si elle aussi avait tenu un carnet, comment elle avait sélectionné les aliments à éliminer. Elle m'a raconté qu'elle avait été très scientifique dans sa démarche. Elle avait étudié les compositions des produits qu'elle ingurgitait, supprimé les plus caloriques. Quand elle avait vu les premiers résultats, elle avait affiné ses recherches. Elle avait appris par cœur le fameux petit livre de la minceur que moi aussi j'avais étudié. Émilie racontait tout cela avec beaucoup de détachement. Elle semblait porter un regard ironique et froid sur cette période, mais il me semblait qu'elle jouait un peu trop la comédie, comme si elle cherchait à se protéger de toute émotion. Je manquais de concentration, je n'avais en tête que la question suivante :

– Dis-moi, à propos de chiffres… c'est quoi ce dossier que tu tenais sur moi ?

C'était demandé ! C'était une des questions que je voulais lui poser. Une parmi d'autres. Mais plus la discussion avançait, plus je redoutais l'échéance. Plus je craignais sa réponse.

– C'est ça qui t'a amenée ici aujourd'hui ?

Je sentis presque la lame de sa question tranchant l'espace qui nous séparait.

– No...oui... enfin, pas seulement.

J'étais soulagée de ne pas m'être dégonflée. À ma grande surprise, c'est elle qui a craqué. Pour la première fois depuis que je l'avais rencontrée, elle s'est laissée prendre par les larmes :

– J'aimerais t'expliquer, Manon. Te dire pourquoi j'ai fait ça, dans quel but. Si c'était de l'étude scientifique, de la compassion ou du sadisme. Mais je n'en sais rien. De même que je ne sais pas pourquoi je panique complètement quand l'infirmière affiche en retard les menus de la semaine le lundi matin, ou si je n'arrive pas à compter mes bouchées à table parce qu'on m'interrompt dans mes comptes en me parlant.

Elle s'est arrêtée un instant, s'est essuyé les yeux sur le revers de sa manche :

– Ils ont raison, Manon. Je suis malade. Je m'en rends bien compte quand je pense à tout ça : je suis folle. Bonne à interner.

De nouveau, elle se cachait derrière son cynisme. Je ne sais pas pourquoi, j'ai compris qu'il ne fallait pas. Que je ne devais surtout pas la laisser fermer la porte qu'elle venait d'ouvrir. Alors je me suis approchée et j'ai refermé mes bras sur ce corps tout frêle, sur ce « sac d'os » comme elle me l'avait écrit, qui me semblait être plutôt un oisillon affaibli. Mais en vie. Ses larmes ont repris de plus belle. Les miennes se sont mêlées à la musique. Combien de temps avons-nous ainsi vidé sans un mot nos cœurs ? Elle s'est redressée la première, nous nous sommes regardées, et nous avons... ri. Ri de nous voir l'une dans le reflet de l'autre. Ri de ce « poids » que nous avions lâché d'une manière si pathétique.

– Wahou, ça soulage, a hasardé Émilie.

– C'est vrai. Dis, j'ai encore un truc à te demander...

– Tente toujours !

– Je t'ai envoyé un message où je te demandais mon nouveau surnom. Je crois que tu l'as jamais eu, t'es rentrée à l'hôpital à ce moment-là. (J'avais la gorge nouée, je n'osais pas continuer.) J'aimerais que tu me dises quel surnom tu m'avais choisi.

– Manon, tu as un super joli prénom. Je t'aurais sans doute trouvé un truc percutant il y a quelques mois. Mais là, je t'assure, pas de doute : « Manon », ça te va très très bien...

À cet instant, à croire qu'elle nous surveillait, l'infirmière a ouvert la porte :

– Votre mère vous attend.

Émilie m'a de nouveau embrassée. L'infirmière y a vu deux copines qui se quittaient. Mais moi j'ai senti que, par ce contact encore, mon « amie » continuait de revenir à la vie.

Nage, Émilie, nage, la surface n'est plus si loin...

Chapitre 43

La photo.

Le chocolat.

Raphaëlle.

Kilodrame, à moins que ce ne soit…

Émilie ?

Gabin.

Les cabines d'essayage, le plaisir d'écrire.

Lisa et Justine, « re » le chocolat, ma mère.

Mon père.

Le plaisir. Mes fesses. Mon sexe. Thomas.

Le poisson gras que je ne mange plus jamais cru. Ma marraine, une tomate. Boris…

Encore Boris ? Ben ouais. Boris et Thomas, Boris contre Thomas. Raphaëlle contre moi ?

Les séances de psy se sont suivies sans se ressembler. Elles se poursuivent encore. Me poursuivent toujours. Madame Glauben ne m'a pas demandé de m'allonger sur un canapé pour lui déverser le flot de ma vie. Nous nous installons face à face, dans ses deux fauteuils en cuir clair. Le mien est élimé aux accoudoirs et je ne peux m'empêcher de penser que ce sont les ongles de mes prédécesseurs qui l'ont mis à mal ainsi. Moi-même, j'aimerais parfois y planter mes griffes. Ma peine.

Il a fallu réfléchir beaucoup, c'était le prix à payer pour aller mieux. Oh, elle ne l'a jamais dit dans ces termes, mais c'était comme cela que je le vivais. Au bout de deux mois seulement, madame Glauben a proposé que l'on se voie toutes les semaines.

– Que veux-tu, elle est impatiente de connaître la suite ! ai-je ironisé en l'annonçant à ma mère.

Mais au fond de moi, j'étais très (fière) heureuse d'avoir franchi cette première étape. De ne pas avoir remplacé mes pulsions de chocolat par une boulimie de séances de psy.

Parfois, je sors épuisée de nos rencontres. À peine dans la rue, j'appelle Thomas, parfois Raphaëlle. Très souvent, je regrette qu'Émilie, toujours à l'hôpital, ne soit pas joignable. Ces derniers temps, il m'est arrivé de composer le numéro de ma mère. Au cours d'un entretien, madame Glauben m'a demandé de lister mes trois meilleurs souvenirs de l'année. Thomas et son premier baiser ont sans surprise décroché la première place du podium. Juste derrière, ma balance et le premier kilo perdu. Plus inattendue, la troisième place est revenue à ma mère et à notre séance d'essayage pour la soirée de Noël de Boris. Je flotte dans la tenue qu'elle m'avait dénichée ce jour-là, mais j'aime beaucoup la porter. Encore un objet fétiche !

Bien calée sur mes fesses, pourtant pas si rebondies que ça (et je me fous de ce que Boris en pense !), j'ai dû me poser quelques questions bien douloureuses.

Pourquoi Justine et Lisa avaient-elles choisi MES fesses ? (Après tout, je n'étais pas la seule grosse de l'école…)

Que croyais-je supprimer en supprimant la nourriture ?

Pourquoi n'avais-je pas cherché à effacer la photo dès qu'elle avait été prise ?

Le carnet de GRAUKU

Comment en étais-je arrivée à inventer Grauku ? Où était-elle ? Autour de moi, en moi, à côté ?

J'ai dû répondre à d'autres interrogations…

Grauku n'avait pas toujours été mon ennemie. Elle m'avait protégée. Des autres. De moi.

Oui, ça me faisait bizarre de voir mon père maigrir. C'était bon pour sa santé. Mais ce n'était plus lui. S'il se montrait plus faible ? Pourquoi lui reprochais-je sans arrêt son absence alors que, quand il tentait d'entamer le dialogue, je le repoussais toujours.

Mon frère… Il me faudrait investir dans notre relation. Oui, ça allait me coûter quelques efforts. Non, je n'avais pas envie de les faire. Pas encore. Pas seule.

Oui, je pensais souvent à Émilie. Ma « sœur de régime ».

Aujourd'hui, j'ai acheté une carte pour l'anniversaire de mariage de mes parents dimanche prochain. Je viens de l'ouvrir. J'ai écrit « Je vous aime, merci pour tout » et j'ai signé. Je l'ai vite rangée. Mais je la leur donnerai.

Aujourd'hui, je sais que Raphaëlle et moi « sommes lié[e]s dans l'amitié au-delà de nos vies » (Martin Gray, c'est Martin Gray, l'auteur rescapé des camps de concentration, qui a écrit cette phrase dans l'un de ses livres.)

Aujourd'hui, je ne suis plus vierge. J'étais fière de penser il y quelques mois encore que cela n'avait aucune importance à mes yeux. Et pourtant, j'ai l'impression de ne jamais être plus moi-même que nue dans les bras de Thomas.

Aujourd'hui, je suis amoureuse du gars le plus formidable de la terre. Et il me le rend si bien.

Aujourd'hui, je ne sais pas si Grauku est définitivement partie. Il paraît que je n'ai plus de problèmes de poids mais je n'en suis pas encore convaincue. Je ne me pèse qu'une fois par semaine. Mais seulement parce que ma mère a mis la balance sous clé pour préserver mon père et ses efforts. Je sais que j'ai encore des problèmes d'alimentation, même si je n'ai pas racheté de poisson pour l'avaler dans la rue. Manger n'est pas encore un acte naturel. J'ai retrouvé mon carnet, je l'avais simplement trop bien caché. J'ai rayé un à un les noms des aliments en remontant la liste de bas en haut. Chaque fois, il m'a fallu une volonté de fer pour redécouvrir l'alimentation avec modération. Je me suis inventé des garde-fous. Je m'interdis de manger dans une autre pièce que la cuisine. Je ne mange du fromage que les jours pairs. Et je mange tous les plats dans des assiettes à dessert. Des petites manies, penserez-vous. Comme celles d'Émilie ?

Je n'ai pas encore entièrement remonté la liste de mon carnet. Je me suis arrêtée avant la première ligne. Je ne m'imagine pas une seule seconde croquant un morceau de chocolat. Ou si : je m'imagine si bien cette sensation que cela m'en colle des sueurs froides.

Heureusement qu'il y a les fraises des bois, les tomates cœur de bœuf et surtout… vous autres pour qui j'ai toujours existé en dehors de mon gros cul.

Note de l'auteure

Si cette histoire n'est pas autobiographique, elle n'en est pas moins inspirée de quelques épisodes chocolatés... J'aimerais par exemple vous dire combien de kilos j'ai pris et perdus en l'écrivant, mais je n'en ai aucune idée. Je sais simplement que l'alimentation est un sujet complexe pour moi. Le chocolat une drogue douce. Et le poids quelquefois un poison. Mais que ma vie n'en est pas moins belle. Sans mes quelques kilos en trop, il n'y aurait jamais eu ce livre.

Merci encore à Stéphanie Forestier et Karine Soulebot qui m'ont soutenue dans ce récit. Notre amitié est à l'image de celle qui unit Manon et Raphaëlle : indestructible.

Merci à Hélène Da Rocha, qui m'a apporté sa précieuse aide en tant que psychologue. Sans elle, qui sait comment se serait déroulée la thérapie de Manon ?!

Merci à David Littel, parce qu'il s'est intéressé à ce que j'écrivais, parce qu'il y a cru tout de suite, et m'a plongée dans ce joyeux MiC_MaC.

Merci à Matthieu et Marine qui ont posé avec beaucoup de sérieux le regard de leur jeunesse sur mon roman. Leurs commentaires m'ont été très précieux.

Merci à Anne Far et Christine Spadaccini pour leurs lectures attentionnées et enthousiastes. Christine, je suis heureuse que cette histoire t'ait inspirée de si belles images.

Merci à Cécile pour son redoutable – mais ô combien efficace ! – stylo rouge.

Mille baisers à ma « Camille R. » chérie qui fera, je n'en doute pas une seule seconde, un merveilleux médecin.

Ressources

Institut Douglas
6875, boulevard LaSalle
Montréal (Québec)
H4H 1R3
T 514 761-6131
www.lanorexiesesoigne.com

Clinique St-Amour
1120, boul. de la Rive-Sud, bureau 200
Saint-Romuald (Québec)
G6W 5M6
T 1 800 678-9011
info@cliniquestamour.com
www.cliniquestamour.com

Maison de transition l'Éclaircie
2860, rue Montreuil
Québec (Québec)
G1V 2E3
T 1 866 900-1076
info@maisoneclaircie.qc.ca
www.maisoneclaircie.qc.ca

Association québécoise d'aide aux personnes souffrant d'anorexie nerveuse et de boulimie (ANEB)
114, avenue Donegani
Pointe-Claire (Québec)
H9R 2W3
T 1 800 630-0907
info@anebquebec.com
www.anebquebec.com/accueil.html

Ressources

Clinique des troubles alimentaires BACA

3410, rue Peel, bureau 1206
Montréal (Québec)
H3A 1H3
T 514 544-2323
info@CliniqueBACA.com

Outremangeurs anonymes – Intergroupe OA français de Montréal

312, rue Beaubien Est
Montréal (Québec)
H2S 1R8
T 1 877 509-1939
reunions@outremangeurs.org
www.outremangeurs.org

Hôpital Sainte-Justine, section médecine de l'adolescence

T 514 345-4721

Jeunesse, J'écoute

1 800 668-6868
www.jeunessejecoute.ca

Tel-jeunes

1 800 263-2266
teljeunes.com

Dans la collection Tabou

À paraître en février 2010

Dans la collection Tabou

À paraître en août 2010

Dans la collection Tabou

À paraître en août 2010

Imprimé sur du papier 100 % recyclé